陈子善 蔡翔 ◎ 编

同题散文经典

扬州的夏日

朱自清 叶圣陶 等 ◎ 著

人民文学出版社

图书在版编目(CIP)数据

扬州的夏日 夏／朱自清等著；陈子善，蔡翔编．
—北京：人民文学出版社，2017(2024.10 重印)
(同题散文经典)
ISBN 978-7-02-012601-9

Ⅰ.①扬… Ⅱ.①朱… ②陈… ③蔡… Ⅲ.①散文集-中国-现代②散文集-中国-当代 Ⅳ.①I266

中国版本图书馆 CIP 数据核字(2017)第 068963 号

责任编辑：朱卫净　张玉贞
封面设计：汪佳诗

出版发行　人民文学出版社
社　　址　北京市朝内大街 166 号
邮政编码　100705

印　　刷　山东新华印务有限公司
经　　销　全国新华书店等

开　　本　890 毫米×1240 毫米　1/32
印　　张　6.5
插　　页　2
字　　数　135 千字
版　　次　2007 年 7 月北京第 1 版
印　　次　2024 年 10 月第 4 次印刷

书　　号　978-7-02-012601-9
定　　价　39.00 元

如有印装质量问题，请与本社图书销售中心调换。电话：010-65233595

编辑例言

中国素来是散文大国,古之文章,已传唱千世。而至现代,散文再度勃兴,名篇佳作,亦不胜枚举。散文一体,论者尽有不同解释,但涉及风格之丰富多样,语言之精湛凝练,名家又皆首肯之。因此,在时下"图像时代"或曰"速食文化"的阅读气氛中,重读散文经典,便又有了感觉母语魅力的意义。

本着这样的心愿,我们对中国现当代的散文名篇进行了重新的分类编选。比如,春、夏、秋、冬,比如风、花、雪、月等等。这样的分类编选,可能会被时贤议为机械,但其好处却在于每册的内容相对集中,似乎也更方便一般读者的阅读。

这套丛书将分批编选出版,并冠之以不同名称。选文中一些现代作家的行文习惯和用词可能与当下的规范不一致,为尊重历史原貌,一律不予更动。考虑到丛书主要面向一般读者,选文不再注明出处。由于编选者识见有限,挂一漏万在所难免,因此,遗珠之憾也将存在。这些都只能在编选过程中逐步弥补,敬请读者诸君多多指教。

目录

"雨后虹" .... 徐志摩 1

扬州的夏日 .... 朱自清 9

西湖的六月十八夜 .... 俞平伯 12

雷雨前 .... 茅 盾 18

雨街小景 .... 柯 灵 21

南国的五月 .... 唐锡如 25

雨前 .... 何其芳 28

夏日南京中的我 .... 姚 颖 30

夏在良丰 .... 罗 洪 34

京城八月荷花艳 .... 罗 杰 39

夏三虫 .... 鲁 迅 47

蝉的一生 .... 周作人 49

蝉	许地山	51
夏	叶圣陶	52
夏天的昆虫	汪曾祺	53
花园底一角	许钦文	56
炎夏小记	许杰	61
螟蛉虫	周建人	71
萤火虫	贾祖璋	76
夏虫之什	缪崇群	80
夏天的瓶供	周瘦鹃	91
消暑清供	邓云乡	94
夏初	顾随	105
太阳茶	林清玄	110
我底夏天	巴金	115
燕居夏亦佳	张恨水	117
在热波里喘息	郁达夫	119
说避暑之益	林语堂	121
夏之一周间	老舍	125
夏日书简	艾青	128

阴雨的夏日之晨 ………… 王统照 132

热天写稿 ………………… 丰子恺 137

今年的暑假 ……………… 废　名 140

夏天 ……………………… 梁容若 142

消夏录 …………………… 苏　青 145

夏天 ……………………… 汪曾祺 149

苦夏 ……………………… 冯骥才 152

绿风 ……………………… 陈忠实 155

五月午雨 ………………… 江　矣 160

夏 ………………………… 于黑丁 163

夏天 ……………………… 北　岛 169

夏天的回忆 ……………… 蔡　翔 173

雷雨中的风情 …………… 迟子建 176

季节深处 ………………… 孙继泉 179

夏天的雨 ………………… 朱　伟 183

闯雨 ……………………… 罗　兰 187

《九月》,夏日的遐思 …… 李欧梵 189

夏夜的记忆 ……………… 席慕蓉 193

夏之绝句 ………………… 简　媜 197

"雨后虹"

◎徐志摩

我记得儿时在家塾中读书,最爱夏天的打阵。塾前是一个方形铺石的"天井",其中有石砌的金鱼潭,周围杂生花草,几个积水的大缸,几盆应时的鲜花,——这是我们的"大花园"。南边的夏天下午,蒸热得厉害,全靠傍晚一阵雷雨,来驱散暑气,黄昏时满天星出,凉风透院,我常常袒胸跣足和姊嫂兄弟婢仆杂坐在门口"风头里",随便谈笑,随便歌唱,算是绝大的快乐。但在白天不论天热得连气都转不过来,可怜的"读书官官"们,还是照常临帖习字,高喊着"黄鸟黄鸟","不亦说乎";虽则手里一把大蒲扇,不住地扇动,满须满腋的汗,依旧蒸炉似的透发,先生亦还是照常抽他的大烟,喝他的"清平乐府"。在这样烦溽的时候,对面四丈高白墙上的日影忽然隐息,清朗的天上忽然满布了乌云,花园里的水缸盆景,也沉静暗淡,仿佛等候什么重大的消息,书房里的光线也渐渐减淡,直到先生榻上那只烟灯,原来只像一磷鬼火,大放光明,满屋子里的书桌,墙上的字画,天花板上挂的方玻璃灯,都像变了形,怪可怕的。突然一股尖劲的凉风,穿透了重闷的空气,从窗外吹进房来,吹得我们毛骨悚然,满身腻烦的汗,几乎结冰,这感觉又痛快又难过;但我们那时的注意,都不在身体上,而在这凶兆所预告的大变,我们新学得的什么:洪水泛滥;混沌,

天翻地覆;皇天震怒等等字句,立刻在我们小脑子的内库里跳了出来,益发引起孩子们:只望烟头起的本性。我们在这阴迷的时刻,往往相顾悍然,热性放开,大噪狂读,身子也狂摇得连生机都礫格作响。

同时沉闷的雷声,已经在屋顶发作,再过几分钟,只听得庭心里石板上劈拍有声,仿佛马蹄在那里踢踏:重复停了;又是一小阵沥淅;如此作了几次阵势,临了紧接着坍天破地的一个或是几个霹雳——我们孩子早把耳朵堵住——扁豆大的雨块,就狠命狂倒下来,屋溜屋檐,屋顶,墙角里的碎碗破铁罐,一齐同情地反响;楼上婢仆争收晒件的慌张咒笑声;关窗声;间壁小孩的嚷叫;雷声不住地震吼;天井里的鱼潭小缸,早已像煮沸的小壶,在那里狂流溢——我们很替可怜的金鱼们担忧;那几盆嫩好的鲜花,也不住地狂颤;阴沟也来不及收吸这汤汤的流水,石天井顷刻名副其实,水一直满出了尺半的阶沿,不好了!书房里的地平砖上都是水了!闪电像蛇似钻入室内,连先生肮脏的坑床都照得烁亮;有时外面厅梁上住家的燕子,也进我们书房来避难,东扑西投,情形又可怜又可笑。

在这一团糟之中,我们孩子反应的心理,却并不简单,第一,我们当然觉得好玩,这里,品林嘭朗,那里也品林嘭朗,原来又炎热又乏味的下午忽然变得这样异常地热闹,小孩哪一个不欢迎。第二,天空一打阵,大家起劲看,起劲开窗户,起劲听,当然写字的搁笔,念书的闭口,连先生(我们想)有时也觉得好玩!然而我记得我个人亲切的心理反应,仿佛猪八戒听得师父被女儿国招了亲,急着要散伙的心理。我希望那样半混沌的情形继续,电光永闪着,雨水倒着,水没上阶沿,漫入室内,因此我们读书写字的任务也永远止歇!孩子们怕拘束,最爱自由,爱整天玩,最恨坐定读书,最厌这牢狱一般的书房——犹之猪八戒一腔野心,其实不愿意跟着穷师父取穷经整天只吃些穷斋,所以关入书房的孩子,没有一个心愿的,底里没有一个不想造反;就是思想没有连贯力,同时书房和牢房收敛野性的效力也逐渐增大,所以孩子们至多短期逃学,暗祝先生生瘟病,很少敢昌言,从此不进书房的革命论。但暑天的打阵,却符合了我们潜伏的希冀,俄顷之间,天地变色,书房变色,有时连先生亦变色,无怪这聚锢的叛儿,这勉强修行的猪八戒,感觉到十二分的畅快,甚至盼望天从此再不要清明,雷雨从此再不要休止!

我生平最纯粹可贵的教育是得之于自然界,田野,森林,山谷,湖,草地,是我的课室;云彩的变幻,晚霞的绚烂,星月的隐现,田野的麦浪是我的功课;瀑吼,松涛,鸟语,雷声是我的教师,我的官觉是他们忠谨的学生,受教的弟子。

大部分生命的觉悟,只是耳目的觉悟;我整整过了二十多年含糊生活,疑视疑听疑嗅疑觉的一个生物!我记得我十三岁那年初次发现我的眼是近视,第一副眼镜配好的时候,天已昏黑,那时我在泥城桥附近和一个朋友走路,我把眼镜试戴上去,仰头一望,异哉好一个伟大蓝净不相熟的天,张着几千百只指光闪烁的神眼,一直穿过我眼镜眼睛直贯我灵府深处,我不禁大声叫道,好天,今天才规复我眼睛的权利。

但眼镜虽好,只能助你看,而不能使你看;你若然不愿意来看,来认识,来享乐你的自然界,你就带十副二十副托立克,克立托也是无效!

我到今日才再能大声叫道:"好天,今日才知道使用我生命的权利!"

我不抱歉"叫"得迟,我只怕配准了眼镜不知道"看"。

我方才记起小时在私塾里夏天打阵的往迹,我现在想记我二日前冒阵待虹的经验。

猫最好看的情形,是在春天下午她从地毡上午寐醒来,回头还想伸懒腰,出去游玩,猛然看见五步之内,站着一只傲慢不驯的野狗,她不禁大怒,把她二十个利爪一起尽性放开,扒紧在地毡上,把她的背无限地高控,像一个桥洞,尾巴旗杆似笔直竖起,满身的猫毛也满溢着她的义愤,她圆睁了她的黄睛,对准她的仇敌,从口鼻间哈出一声威吓。这是猫的怒,在旁边看她的人虽则很体谅她的发脾气,总觉得有趣可笑。我想我们站得远远地看人类的悲剧,有时也只觉得有趣可笑。我们在稳固的山楼上,看疾风暴雨,看牛羊牧童在雷震电飙中飞奔躲避,也只觉得有趣可笑。

笑,柏格森说,纯粹是智慧的,示深切的同情感兴,不能同时并存。所以我们需要领会悲剧或深的情感——不论是事实或表现在文字里的——的意义,最简捷的方法是将我们自身和经验的对象同化,开振我们的同情力来替他设身处地。你体会伟大情感的程度愈高,你了解人道的范围亦愈广。我们对待自然界我以为也是如此。我们爱寻常草原,不如我们爱高山大水,爱市河庸沼,不如流涧大瀑,爱白日广天,不如朝彩晚霞,爱细雨微风,不如疾雷迅雨。

简言之,我们也爱自然界情感奋切的际会,他所行动的情绪,当然也不是平常庸气。

所以我十数年前在私塾爱打阵,如今也还是爱打阵,不过这爱字意义不尽同就是。

有一天我正在房里看书,列兰(房东的小女孩,她每次见天象变迁总来报告我,我看见两个最富贵的落日,都是她的功劳)跑来说天快打阵了。我一看,窗外果然完全矿灰色,一阵阵的灰在街心里卷起,路上的行人都急忙走着,天上已经叠好无数的雨饼,此等信号一动就下,我赶快穿了雨衣,外加我们的袍,戴上方帽,出门骑上自行车,飞快地向我校门赶去。一路雨点已经雹块似的抛下。

河边满树开花的栗树,曼陀罗,紫丁香,一齐俯首觳觫,专待恣暴,但他们芬芳的呼吸,却彻浃重实的空气,似乎向孟浪的狂且,乞情求免。

我到校门的时候,满天几乎漆黑,雷声已动,门房迎着笑道:"呀,你到得真巧,再过一分钟,你准让阵雨漫透!"我笑答道:"我正为要漫透来的!"

我一口气跑到河边,四周估量了一下,觉得还是桥上的地位最好,我就去靠在桥栏上老等,我头顶正是那株靠河最大的榆树,对面是棵柳树,从柳树里望见先华亚学院的一角,和我们著名教堂的后背(King's Chapel);两树的中间,正对校友居的大部,中隔着百码见方齐整匀净葱翠的草庭。这是在我的右边。从柳树的左手望见亭亭倩倩三环洞,先华亚桥,她的妙景,整整地印在平静的康河里,河左岸的牧场上,依旧有几匹马几条黄白花牛在那里吃草,啮啮有声,完全不理会天时的变迁,只晓得勤拂着马鬃牛尾,驱逐愈狠的马蝇牛虫。此时天色虽则阴沉可怕,然我眼前绝美的一幅图画——绝色的建筑,庄严的寺角,绝色的绿草,绝色的河间桥,绝色的垂柳高桥——只是一片异样恬静,绝不露仓皇形色。草地上有三两只小雀,时常地跳跃;平常高唱好画者黑雀却都住了口,大约伏在巢里看光景,只远处偶然的鸦啼,散沙似从半天里撒下。

记得,桥上有我站着。

来了!雷雨都到了猖獗的程度,只听见自然界一体的喧哗;雷是鼓,雨落草地是沉溜的弦声,雨落水面是急珠走盘声,雨落柳上是疏郁的琴声;雨落桥阑是击革声。

西南角——牧场那一边我的左手,正对校友居——的云堆里,不时放射出电闪,穿过树林,仿佛好几条紧缠的金蛇,掠过光景,一直打到教堂的颜色玻璃和校友居的青藤白石和凹屈别致的窗坡上,像几条洞偏担,同时打一块磨石大的火石,金花日射,光景骇目。

雨怒注不休。云色虽稍开明,但四围都是雨激起的烟雾苍茫,克莱亚的一面几乎看不清楚。我仰庇掬老翁(指最大的橘树)的高荫,身上并不太湿,但桥上的水,却分成几个泥沟,急冲下来,我站在两条泥沟的中间,所以鞋也没有透水。同时我很高兴发现离我十几码一棵大榆树底下,也有两个人站着,但他们分明是避雨,不是像我来经验打阵。他们在那里划火抽烟,想等过这阵急需。

那边牧场方才不管天时变迁尽吃的朋友,此时也躲在场中间两枝榆树底下,马低着头,牛昂着头,在那里抱怨或是崇拜老天的变怒。

雨已经下了十几分钟,益发大了。雷电都已经休止,天色也更清明了。但我所仰庇的掬老翁,再也不能继续荫庇我,他老人家自己的胡髭,也支不住淋漓起来,结果是我浑身增加好几斤重量。有时作恶的水一直灌进我的领子,直溜到背上,寒透肌骨;桥栏也全没了;我脚下的干土,也已经渐次灭迹,几条泥沟,已经迸成一大股浑流,踊跃进行,我下体也增加了重量,连胫骨都湿了。到这个时候,初阵的新奇已经过去,满眼只是一体的雨色,满耳只是一体的雨声,满身只是一体的雨感觉,我独身——避雨那两位,已逃入邻近的屋子里——在大雨里听淹,头上的方巾已成了湿巾,前后左右淋个不住,倒觉得无聊起来。

但我有希望,西天的云已经开解不少,露出夕阳的预兆,我想这雨一停一定有奇景出现——我于是立定主意和雨赌耐心。我向地上看,看无数的榆钱在急涡里乱转,还有几个不幸的虫蛾也葬身在这横流之中,我忽然想起道施滔奄夫斯基①的一部小说里的一个设想,他说你若然发现你自己在沧海中一块仅仅容足的拳石上,浪涛像狮虎似向你身上扑来,你在这完全绝望的境地,你还想不想活命?我又想起康赖特的"大风",人和自然原质的决斗。我又想象我在西伯利亚大雪地,穿着皮蓑,手拿牧杖,站在一大群绵羊中间。我想战阵是冒险,恋爱是更大的冒险,死是最大的冒险。我想起耶稣,魔鬼,薇纳司,福贺司德;我想飞出这雨圈,去踏在雨云的背上,看他们工作。我想……半点钟已过,或心海里至少涌起了几万种幻想,但雨还是倒个不住。

又过了足足十分钟,雨势方才收敛。满林的鸟雀都出了家门,使劲地欢呼高唱;此时云彩很别致,东中北三路,还是满布着厚云,并且极低,似乎紧罩在教堂的H形尖阁上,但颜色已从乌黑转入青灰,西南隅的云已经开张了一只大口,从月牙形的云絮背后冲射出一海的明霞,仿佛菩萨背后的万道佛光,这精悍的烈焰,和方才初雨时的电闪一样,直照在教堂和校友居的上部,将一带白玻窗尽数打成纯粹的黄金,教堂颜色玻窗

---

① 即陀思妥耶夫斯基。

上的反射更为强烈,那些书中人物都像穿扮整齐,在金河里游泳跳舞。妙处尤在这些高宇的后背及顶头,只是一片深青,越显得西天云罅月漏的精神,彩焰奔腾的气象。

未雨之先万象都只是静,现在雨一过,风又敛迹,天上虽在那里变化,地上还是一体地静;就是阵前的静,是空气空实的现象,是严肃的静,这静是大动大变的符号先声,是火山将炸裂前的静;阵后的静不同,空气里的浊质,已经彻底洗净,草青树绿经过了恐怖,重复清新自喜,益发笑容可掬,四周的水气雾意也完全灭迹,这静是清的静,是平静,和悦安舒的静。在这静里,流利的鸟语,益发调新韵切,宛似金匙击玉声,清脆无比。我对此自然从大力里产出的美;从剧变里透出的和谐;从纷乱中转出的恬静;从暴怒中映出的微笑;从迅奋里结成的安闲;只觉得胸头塞满——喜悦惊讶,爱好,崇拜,感奋的情绪,满身神经都感受强烈痛快的震撼,两眼火热地蓄泪欲流,声音肢体都随身旁的飞禽歌舞;同时我自顶至踵完全湿透浸透,方巾上还不住地滴水,假如有人见我,一定疑心我落水,但我那时绝对不觉得体外的冷,只觉得体内高乐的热(我也没有受寒)。

我正注目看西方渐次扫荡满天云锢的太阳,偶然转过身来,不禁失声惊叫。原来从校友居的正中起直到河的左岸,已经筑起一条鲜明五彩的虹桥!

8月6日

扬州的夏日

◎朱自清

扬州从隋炀帝以来,是诗人文士所称道的地方;称道得多了,称道得久了,一般人便也随声附和起来。直到现在,你若向人提起扬州这个名字,他会点头或摇头说:"好地方!好地方!"特别是没去过扬州而念过些唐诗的人,在他心里,扬州真像蜃楼海市一般美丽;他若念过《扬州画舫录》一类书,那更了不得了。但在一个久住扬州像我的人,他却没有那么多美丽的幻想,他的憎恶也许掩住了他的爱好;他也许离开了三四年并不去想它。若是想呢,——你说他想什么?女人;不错,这似乎也有名,但怕不是现在的女人吧?——他也只会想着扬州的夏日,虽然与女人仍然不无关系的。

北方和南方一个大不同,在我看,就是北方无水而南方有。诚然,北方今年大雨,永定河,大清河甚至决了堤防,但这并不能算是有水;北平的三海和颐和园虽然有点儿水,但太平衍了,一览而尽,船又那么笨头笨脑的。有水的仍然是南方。扬州的夏日,好处大半便在水上——有人称为"瘦西湖",这个名字真是太"瘦"了,假西湖之名以行,"雅得这样俗",老实说,我是不喜欢的。下船的地方便是护城河,曼衍开去,曲曲折折,直到平山堂,——这是你们熟悉的名字——有七八里河道,还有许多杈杈桠桠的支流。这条河其实也没有顶大的好

处,只是曲折而有些幽静,和别处不同。

沿河最著名的风景是小金山,法海寺,五亭桥;最远的便是平山堂了。金山你们是知道的,小金山却在水中央。在那里望水最好,看月自然也不错——可是我还不曾有过那样福气。"下河"的人十之九是到这儿的,人不免太多些。法海寺有一个塔,和北海的一样,据说是乾隆皇帝下江南,盐商们连夜督促匠人造成的。法海寺著名的自然是这个塔;但还有一桩,你们猜不着,是红烧猪头。夏天吃红烧猪头,在理论上也许不甚相宜;可是在实际上,挥汗吃着,倒也不坏的。五亭桥如名字所示,是五个亭子的桥。桥是拱形,中一亭最高,两边四亭,参差相称;最宜远看,或看影子,也好。桥洞颇多,乘小船穿来穿去,另有风味。平山堂在蜀冈上。登堂可见江南诸山淡淡的轮廓;"山色有无中"一句话,我看是恰到好处,并不算错。这里游人较少,闲坐在堂上,可以永日。沿路光景,也以闲寂胜。从天宁门或北门下船。蜿蜒的城墙,在水里倒映着苍黝的影子,小船悠然地撑过去,岸上的喧扰像没有似的。

船有三种:大船专供宴游之用,可以挟妓或打牌。小时候常跟了父亲去,在船里听着谋得利洋行的唱片。现在这样乘船的大概少了吧?其次是"小划子",真像一瓣西瓜,由一个男人或女人用竹篙撑着。乘的人多了,便可雇两只,前后用小凳子跨着:这也可算得"方舟"了。后来又有一种"洋划",比大船小,比"小划子"大,上支布篷,可以遮日遮雨。"洋划"渐渐地多,大船渐渐地少,然而"小划子"总是有人要的。这不独因为价钱最贱,也因为它的伶俐。一个人坐在船中,让一个人站在船尾上用竹篙一下一下地撑着,简直是一首唐诗,或一幅山水画。而有些好事的少年,愿意自己撑船,也非"小划子"不行。

"小划子"虽然便宜,却也有些分别。譬如说,你们也可想到的,女人撑船总要贵些;姑娘撑的自然更要贵啰。这些撑船的女子,便是有人说过的"瘦西湖上的姑娘"。船娘们的故事大概不少,但我不很知道。据说以乱头粗服,风趣天然为胜;中年而有风趣,也仍然算好。可是起初原是逢场作戏,或尚不伤廉惠;以后居然有了价格,便觉意味索然了。

北门外一带,叫做下街,"茶馆"最多,往往一面临河。船行过时,茶客与乘客可以随便招呼说话。船上人若高兴时,也可以向茶馆中要一壶茶,或一两种"小笼点心",在河中喝着,吃着,谈着。回来时再将茶壶和所谓小笼,连价款一并交给茶馆中人。撑船的都与茶馆相熟,他们不怕你白吃。扬州的小笼点心实在不错,我离开扬州,也走过七八处大大小小的地方,还没有吃过那样好的点心;这其实是值得惦记的。茶馆的地方大致总好,名字也颇有好的。如香影廊,绿杨村,红叶山庄,都是到现在还记得的。绿杨村的幌子,挂在绿杨树上,随风飘展,使人想起"绿杨城郭是扬州"的名句。里面还有小池,丛竹,茅亭,景物最幽。这一带的茶馆布置都历落有致,迥非上海、北平方方正正的茶楼可比。

"下河"总是下午。傍晚回来,在暮霭朦胧中上了岸,将大褂折好搭在腕上,一手微微摇着扇子;这样进了北门或天宁门走回家中。这时候可以念"又得浮生半日闲"那一句诗了。

西湖的六月十八夜

◎俞平伯

我写我的"中夏夜梦"罢。有些踪迹是事后追寻,恍如梦寐,这是习见不鲜的;有些,简直当前就是不多不少的一个梦,那更不用提什么忆了。这儿所写的正是佳例之一。

在杭州住着的,都该记得阴历六月十八这一个节日罢。它比什么寒食,上巳,重九……都强,在西湖上可以看见。

杭州人士向来是那么寒乞相的;(不要见气,我不算例外。)惟有当六月十八的晚上,他们的发狂倒很像有点彻底的。(这是鲁迅君赞美蚊子的说法。)这真是佛力庇护——虽然那时班禅还没有去。

说杭州是佛地,如其是有佛的话,我不否认它配有这称号。即此地所说的六月十八,其实也是个佛节日。观世音菩萨的生日听说在六月十九,这句话从来远矣,是千真万确的了,而十八正是它的前夜。

三天竺和灵隐本来是江南的圣地,何况又恭逢这位"大慈大悲救苦救难观世音菩萨"的芳诞,——又用靓丽的字样了,死罪,死罪!——自然在进香者的心中,香烧得早,便越恭敬,得福越多,这所谓"烧头香"。他们默认以下的方式:得福的多少以烧香的早晚为正比例,得福不嫌多,故烧香不怕早。一来二去,越提越早,反而晚了。(您说这多么费解。)于是便宜了六月十八的一夜。

不知是谁的诗我忘怀了,只记得一句,可以想象从前西子湖的光景,这是"三面云山一面城"。现在打桨于湖上的,却永无缘拜识了。云山是依然,但濒湖女墙的影子哪里去了?我们凝视东方,在白日只是成列的市廛,在黄昏只是星星的灯火,虽亦不见得丑劣;但没出息的我总会时常去默想曾有这么一带森严曲折颓败的雉堞,倒映于湖水的纹衣里。

从前既有城,即不能没有城门。滨湖之门自南而北凡三:曰清波,曰涌金,曰钱塘,到了夜深,都要下锁的。烧香客人们既要赶得早,且要越早越好,则不得不设法飞跨这三座门。他们的妙法不是爬城,不是学鸡叫,(这多么下作而且险!)只是隔夜赶出城。那时城外荒荒凉凉的,没有湖滨聚英,更别提西湖饭店、新新旅馆之流了,于是只好作不夜之游,强颜与湖山结伴了。好在天气既大热,又是好月亮,不会得受罪的。至于放放荷灯这种把戏,都因为惯住城中的不甘清寂,才想出来的花头,未必真有什么雅趣。杭州人有了西湖,乃老躲在城里,必要被官府(关城门)佛菩萨(做生日)两重逼迫着方始出来晃荡这一夜;这真是寒乞相之至了。拆了城依旧如此,我看还是惰性难除罢,不见得是彻底发泄狂气呢。

我在杭州一住五年,却只过了一个六月十八夜;暑中往往他去,不是在美国就是在北京。记得有一年上,正当六月十八的早晨我动身北去的,莹环他们却在那晚上讨了一只疲惫的划子,在湖中飘泛了半晌。据说那晚的船很破烂,游得也不畅快;但她既告我以游踪,毕竟使我愕然。

去年住在俞楼,真是躬逢其盛。是时和H君一家还同住着。H君平日兴致是极好的,他的儿女们更渴望着这佳节。

　　年年住居城中,与湖山究不免隔膜,现在却移家湖上了。上一天先忙着到岳坟去定船。在平时泛月一度,约费杖头资四五角,现在非三元不办了。到十八下午,我们商量着去到城市买些零食,备嬉游时的咬嚼。我俩和Y、L两小姐,背着夕阳,打桨悠悠然去。

　　归途车上白沙堤,则流水般的车儿马儿或先或后和我们同走。其时已黄昏了。呀,湖楼附近竟成一小小的市集。楼外楼高悬着炫目的石油灯,酒人已如蚁聚。小楼上下及楼前路畔,填溢着喧哗和繁热。夹道树下的小摊儿们,啾啾唧唧在那边做买卖。如是直接于公园,行人来往,曾无间歇。偏西一望,从岳坟的灯火,瞥见人气的浮涌,与此地一般无二。这和平素萧萧的绿杨,寂寂的明湖大相径庭了。我不自觉地动了孩子的兴奋。

　　饭很不得味地匆匆吃了,马上就想坐船。——但是不巧,来了一群女客,须得尽先让她们耍子儿;我们惟有落后了。H君是好静的,主张在西泠桥畔露坐憩息着,到月上了再去荡桨。我们只得答应着;而且我们也没有船,大家感着轻微的失意。

　　西泠桥畔依然冷冷清清的。我们坐了一会儿,听远处的箫鼓声,人的语笑都迷蒙疏阔得很,顿遭逢一种凄寂,迥异我们先前所期待的了。偶然有两三盏浮漾在湖面的荷灯飘近我们,弟弟妹妹们便说灯来了。我瞅着那伶俜摇摆的神气,也实在可怜得很呢。后来有日本仁丹的广告船,一队一队,带着成列的红灯笼,沉填的空大鼓,火龙般地在里湖外湖间穿走着,似乎抖散了一堆寂寞。但不久映入水心的红意越宕越远越淡,我们以没有船赶它们不上,更添许多无聊。——淡黄月已在东方涌起,天和水都微明了。我们的船尚在渺茫中。

月儿渐高了,大家终于坐不住,一个一个的陆续溜回俞楼去。H君因此不高兴,也走回家。那边倒还是热闹的。看见许多灯,许多人影子,竟有归来之感,我一身尽是俗骨罢? 嚼着方才亲自买来的火腿,咸得很,乏味乏味! 幸而客人们不久散尽了,船儿重系于柳下,时候虽不早,我们还得下湖去。我鼓舞起孩子的兴致来:"我们去。我们快去罢!"

红明的莲花飘流于银碧的夜波上,我们的划子追随着它们去。其实那时的荷灯已零零落落,无复方才的盛。放的灯真不少,无奈抢灯的更多。他们把灯都从波心里攫起来,摆在船上明晃晃地,方始踌躇满志而去。到烛烬灯昏时,依然是条怪蹩脚的划子,而湖面上却非常寥落;这真是杀风景。"摇罢,上三潭印月。"

西湖的画舫不如秦淮河的美丽;只今宵一律妆点以温明的灯饰,嘹亮的声歌,在群山互拥,孤月中天,上下莹澈,四顾空灵的湖上,这样的穿梭走动,也觉别具丰致,决不弱于她的姊妹们。用老旧的比况,西湖的夏是"林下之风",秦淮河的是"闺房之秀"。何况秦淮是夜夜如斯的;在西湖只是一年一度的美景良辰,风雨来时还不免虚度了。

公园码头上大船小船挨挤着。岸上石油灯的苍白芒角,把其他的灯姿和月色都逼得很黯淡了,我们不如别处去。我们甫下船时,远远听得那边船上正缓歌《南吕·懒画眉》,等到我们船拢近来,早已歌阑人静了,这也很觉怅然。我们不如别处去。船渐渐地向三潭印月划动了。

中宵月华的皎洁,是难于言说的。湖心悄且冷;四岸浮动着的歌声人语,灯火的微茫,合拢来却晕成一个繁热的光圈儿

围裹着它。我们的心因此也不落于全寂,如平时夜泛的光景;只是伴着少一半的兴奋,多一半的怅惘,软软地跳动着。灯影的历乱,波痕的皱皱,云气的奔驰,船身的动荡……一切都和心象相溶合。柔滑是入梦的惟一象征,故在当时已是不多不少的一个梦。

及至到了三潭印月,灯歌又烂漫起来,人反而倦了。停泊了一歇,绕这小洲而游,渐入荒寒境界;上面欹侧的树根,旁边披离的宿草,三个圆尖石潭,一支秃笔样的雷峰塔,尚同立于月明中。湖南没有什么灯,愈显出波寒月白;我们的眼渐渐饧涩得抬不起来了,终于摇了回去。另一划船上奏着最流行的《三六》,柔曼的和音依依地送我们的归船。记得从前 H 君有一断句是"遥灯出树明如柿"。我对了一句"倦桨投波密过饧";虽不是今宵的眼前事,移用却也正好。我们转船,望灯火的丛中归去。

梦中行走般的上了岸,H 君夫妇回湖楼去,我们还恋恋于白沙堤上尽徘徊着。楼外楼仍然上下通明,酒人尚未散尽。路上行人三三五五,络绎不绝。我们回头再往公园方面走,泊着的灯船少了一些,但也还有五六条。其中有一船挂着招帘,灯亦特别亮,是卖凉饮及吃食的,我们上去喝了些汽水。中舱端坐着一个华妆的女郎,虽然不见得美,我们乍见,误认她也是客人,后来不知从哪儿领悟出是船上的活招牌,才恍然失笑,走了。

不论如何的疲惫无聊,总得拼到东方发白才返高楼寻梦去;我们谁都是这般期待的。奈事不从人愿,H 君夫妇不放心儿女们在湖上深更浪荡,毕竟来叫他们回去。顶小的一位 L 君临去时只咕噜着:"今儿玩得真不畅快!"但仍旧垂着头踱回去了。只剩下我们,踽踽凉凉如何是了?环又是不耐夜凉的。"我们一淘走罢!"

他们都上重楼高卧去了。我俩同凭着疏朗的水泥栏,一桁楼廊满载着月色,见方才卖凉饮的灯船复向湖心动了,活招牌式的女人必定还支撑着倦眼端坐着呢?我俩同时作此想。叮叮当,叮叮冬,那船在西倾的圆月下响着。远了,渐渐听不真,一阵夜风过来,又是叮……当,叮……冬。

一切都和我疏阔,连自己在明月中的影子看起来也朦胧得甚于烟雾。才想转身去睡;不知怎的脚下跨踏了一步,于是箭逝的残梦俄然一顿,虽然马上又脱镞般飞驶了。这场怪短的"中夏夜梦",我事后至今不省得如何对它。它究竟回过头瞟了我一眼才走的,我哪能怪它。喜欢它吗?不,一点不!

     1925年4月13日,作于北京

雷雨前

◎茅盾

清早起来,就走到那座小石桥上。摸一摸桥石,竟像还带点热。昨天整天里没有一丝儿风。晚快边响了一阵子干雷,也没有风,这一夜就闷得比白天还厉害。天快亮的时候,这桥上还有两三个人躺着,也许就是他们把这些石头又困得热烘烘的。

满天里张着个灰色的幔。看不见太阳。然而太阳的威力好像透过了那灰色的幔,直逼着你头顶。

河里连一滴水也没有了,河中心的泥土也裂成乌龟壳似的。田里呢,早就像开了无数的小沟,——有两尺多阔的,你能说不像沟么?那些苍白色的泥土,干硬得就跟水门汀差不多。好像它们过了一夜功夫还不曾把白天吸下去的热气吐完,这时它们那些扁长的嘴巴里似乎有白烟一样的东西往上冒。

站在桥上的人就同浑身的毛孔全都闭住,心口泛淘淘,像要呕出什么来。

这一天上午,天空老张着那灰色的幔,没有一点点漏洞,也没有动一动。也许幔外边有的是风,但我们罩在这幔里的,把鸡毛从桥头抛下去,也没见他飘飘扬扬踱方步。就跟住在抽出了空气的大筒里似的,人张开两臂用力行一次深呼吸,可是吸进来只是热辣辣的一股闷。

汗呢,只管钻出来,钻出来,可是胶水一样,胶得你浑身不爽快,像结了一层壳。

午后三点钟光景,人像快要干死的鱼,张开了一张嘴,忽然天空那灰色的幔裂了一条缝! 不折不扣一条缝! 像明晃晃的刀口在这幔上划过。然而划过了,幔又合拢,跟没有划过的时候一样,透不进一丝儿风。一会儿,长空一闪,又是那灰色的幔裂了一次缝。然而中什么用?

像有一只巨人的手拿着明晃晃的大刀在外边想挑破那灰色的幔,像是这巨人已在咆哮发怒越来越紧了,一闪一闪满天空瞥过那大刀的光亮,隆隆隆,幔外边来了巨人的愤怒的吼声!

猛可地闪光和吼声都没有了,还是一张密不通风的灰色的幔!

空气比以前加倍闷! 那幔比以前加倍厚! 天加倍黑!

你会猜想这时那幔外边的巨人在揩着汗,歇一口气;你断得定他还要进攻。你焦躁地等着,等着那挑破灰色幔的大刀的一闪电光,那隆隆隆的怒吼声。

可是你等着,等着,却等来了苍蝇。它们从龌龊的地方飞出来,嗡嗡嗡的,绕住你,叮你的涂一层胶似的皮肤。戴红顶子像个大员模样的金苍蝇刚从粪坑里吃饱了来,专拣你的鼻子尖上蹲。

也等来了蚊子。哼哼哼地,像老和尚念经,或者老秀才读古文。苍蝇给你传染病,蚊子却老实要喝你的血呢!

　　你跳起来拿着蒲扇乱扑,可是赶走了这一边的,那一边又是一大群乘隙进攻。你大声叫喊,它们只回答你个哼哼哼,嗡嗡嗡!

　　外边树梢头的蝉儿却在那里唱高调:"要死哟!要死哟!"

　　你汗也流尽了,嘴里干得像烧,你手里也软了,你会觉得世界末日也不会比这再坏!

　　然而猛可地电光一闪,照得屋角里都雪亮。幔外边的巨人一下子把那灰色的幔扯得粉碎了!轰隆隆,轰隆隆,他胜利地叫着。胡——胡——挡在幔外边整整两天的风开足了超高速度扑来了!蝉儿噤声,苍蝇逃走,蚊子躲起来,人身上像剥落了一层壳那么一爽。

　　霍!霍!霍!巨人的刀光在长空飞舞。

　　轰隆隆,轰隆隆,再急些!再响些吧!

　　让大雷雨冲洗出个干净清凉的世界!

雨街小景

◎柯灵

雨,悒郁而又固执地倾泻着。那淙淙的细语正编织着一种幻境,使人想起辽阔的江村,小楼一角,雨声正酣,从窗外望去,朦朦胧胧,有如张着纱幕,远山巅水墨画似的逐渐融化,终于跟雨云融合作一处。我又记起故乡的乌篷船,夜雨淅淅地敲着竹篷,船头水声汩汩。——可是一眨眼我却看见了灰色的壁,灰色的窗,连梦的翅膀也无从回翔的斗室。我独自阑珊地笑了。

谁家的无线电,正在寂寞中起劲地唱着。——象是揶揄,或者说讽刺。

虽然下着雨,气压低得像帘幕低垂。黄梅季特有的感觉,仿佛一个触着蛛网的飞虫,身心都紧贴在那黏性的丝缕上。推开半闭的窗,雨丝就悄悄地飞进来,扑到脸上,送来一点并不愉快的凉意。

蚁群排着不很整齐的阵列,在窗下墙上斜斜地画了一条黑线,从容地爬行着,玲珑的触角频频摇动,探索着前面的路。这可怜的远征的队伍,是为了一星半粒的食粮,或是地下的巢穴也为淫雨所浸没了?刚爬到窗棂上,却被一片小小的积水所阻,彷徨一阵,行列便折向下面,成了一个犄角。

不知从什么时候起,雨脚忽然收了。厚重的云堆慢慢移

动,漏出一角石青的天,有一片炙人的阳光洒下,是羞于照临这个不洁的都市吗?有如一个娇怯的姑娘,刚探出头就又下了窗帘。于是留下了阴暗——仿佛比先前更浓的阴暗。且多了一种湿腻的燠热,使人烦躁。

雨又急骤地落下,忽然又停了。

傍晚倚窗。新晴的天,西边红得出奇,仿佛要补足过去的灰暗。我记起乡间老农的传说:这是"大水红",预告着水灾的。我乃不禁有陆沉之忧了。

满地积水,将一条街化装成一道河,只是中间浮着狭窄的河床。这虽是江南,而我们所缺少的正是一滴足以润泽灵魂的甘泉,有如置身戈壁。眼前的一片汪洋,许多孩子所喜爱,他们跣着双脚,撩起裤管,正涉着水往来嬉谑。

公共汽车如大鲸鱼,泅过时卷起一带白浪,纷飞着珠沫,且有清澈可听的激响的水声,孩子们的哄笑送它逐渐远去。黄包车渡船似地来往,载渡着一些为衣冠所缚而不愿意裸出脚来的人们;而一边却另有一群苦力,身体倾斜,有他们酱色的臂膀,在推动着一辆为积潴所困的雪亮的病车,这意外的出卖劳力的机会!

一个赤膊者伫立在行人道边,用风景欣赏家似的姿态静静地看着这奇异的水景,看了一阵,就解下颈上乌黑的白毛巾,蹲在水里洗起脸来。另一个少年却用双手掬起水来喝着。人世间的一切,对他们仿佛都是恩惠。

一种不经见的情境逗引着我的兴味,而早上从新闻上得到的印象却织接成连续的画面,从水里浮起,清清楚楚地显印在我的眼前了。——那是一个关于雨的故事。或者说是悲剧。一个十七岁的少年,战争夺去了亲人,留着他孤单的一个,开始流浪生活。他辗转漂泊到这五百万人口的城市,做着糖果贩卖者。可是生活程度跟着季候的热度飞升,几天的淫雨又困阻着谋生的路,仅有的本钱经不住几天坐吃,空空的双手,空空的肚子,生计幻成一个巨大的恐怖的黑影。在崎岖多歧的人生路上,他选取了最难走然而最近便的一条,一脚越过了生的王国,跨进了死的门阈。

年轻的灵魂淹没在一片水里。——生命的怯弱呢,雨的残酷呢?……

夜间,有撩人的月色。云鳞在蓝空上堆出疏落有致的图案。

积水似乎浅一点了,人行道上已经可以行人,只偶有汽车从水中驰过,还受着浪花的侵蚀。

从未有过的宁静。风无声地吹起一街涟漪,迎着月光闪耀着银色,远处的微波摇动街灯的倒影。是这样奇异的、幻觉的水国风景,缺少的只是几只画舫,一串歌声了。

转过街角,我解放了几天来拘羁的脚步。

很少行路人,除了我当前的两个:一个挟着蓝花布的破棉被,一个拿了席子跟扫帚。是找寻什么的?他们低着头一边走一边就四处察看,沉默如同一块顽石镇在他们身上。到一处比较干燥的地方,他们停步了,一个用扫帚轻轻扫了几下,就在地上摊开了卷着的席子;另一个也就铺上棉被。

"今晚还露宿吗?"我不禁吐露了我的疑问。

"唔,在屋子里就得饲臭虫。"拿扫帚的咒诅似地说。

我看了他一眼,是胡桃似的多皱而贫血的脸。天上的云在厚起来,月亮一时隐没在云里了。我低低地说了一句,似乎自语,哀怜的,却又仿佛有点恶意似的,"天恐怕要下雨。"

他自始至终连正视也没有给我一个。"下了雨再进屋里去吧。"咕噜着算是回答,身体却已经在潮湿的地上倒了下去。

"要生病的。"可是我没有勇气再开口了。病对于他们算什么呢?

我这才看见,不远处早有一个露宿者在做着好梦。连席子也没有,垫着的是几张报纸,已经完全湿透了,入梦的该是一身稀有的清凉吧?再走过几步,一家商店的门前又躺着四五个,蜷缩着挤作一堆。——上面有遮阳,底下是石阶,那的确是燥爽的高原地带,不会有水灾的。什么幸运使他们占了这样的好风水!

多么残酷的生活的战争呵,可是人们面对着战争。他们就是这样地活着,而且还要生存下去……

夜半,梦醒时又听到了奔腾的雨声。

南国的五月

◎唐锡如

五月,在南国是木棉花的季节,是暴风雨的季节。

比拳头都大的木棉的殷红花朵,像人头似的,从四五丈高的精裸丑陋的树干上,不时"托落"地摔到泥土上来。它没有香气,连野草的清香它都没有。它不想来媚人,这粗鲁朴直的家伙!它不结果,不结任何好看或是好吃的果。它只晓得开花,它的职务是开花,它自己唯一的兴趣和安慰也是开花。这古怪的树,它要开完了血色的花朵,落完了血色的花朵,才开始萌芽抽叶!

市上尽多的是荔枝,市上尽多的是美人蕉。

可是木棉花不因自己的丑陋而灰心的!

五月,在南国是木棉花的季节,更是暴风雨的季节!

天气一径是闷热得像只炒红的大砂锅,太阳啮住了地面不动。土地渴得要死,草木都晕过去了。雪糕、汽水、凉粉,排成了微弱得可怜的警戒线。可是,吓,还不够一秒钟,便给融成了水,又化成了气!

豆大的汗珠,依旧从每根毛孔里跳出来,呼喊着。

一切都在挣扎着临死前的喘息!(可是还有三两只蝉,躺在浓绿堆里歌颂着!)

东南角上有一片云,看去还不够半亩大,可是就在这里

面,隐住了一种沉闷的鼓噪声。

像是一只大鹏乌翅鸟飞过来,翅膀遮断了太阳!几块云冲上来了,更多的几块云追上来了,旁的,起先不知它们躲在哪儿的,现在都跑出来了,赶上来了。

灰白色的压迫!白的云像是汹涌的怒潮,在边缘上直展开来,飞驰过来,抢过来!后边,深灰色的,黑色的,像是海,不见它动,不过你觉得它在涨,在臃肿,像是什么稳固的有力的东西在向你移近来。

横跨马路的布标语,满孕了风,发狂似的凸着瘪着,瘪着又凸着,"哗啦!"从肚脐直撕到耳朵,碎了,市招在乱晃,乱撞,乱跳,乱喊。车轮像逃避风的追逐似的,滚得飞快!滚得飞快!飞快!到处都是匆迫的,慌乱的关门窗的声音。

暴风雨到了!

一条血红的电光划破了长空,这是宣誓!接着便是一片鼓噪的不过还是沉闷的雷声。

血红的电光再闪,照到先前疏罅的灰黑云块中间都填满了,再也没有漏缝了,完全打作一气了。

于是血红的电光,再闪第三遍,从西边直划到东边,有半个天!

一个雷,一个焦雷,跟着炸翻了转来,再一个,又一个……

风,像发了狂,树像发了狂,草像发了狂,一切都站起来,奔过去,跑过来呐喊,呼号,它们要连根带泥地直掀到半天里去,他们都高兴得狂喊着:"时候到了!""终候到今天了!"

雨像是再也不能忍耐的瀑布,像是奋跃的狮子,像是威廉·退尔里的急奏,像是长城倒了,黄河翻了,一片,似乎又是杂乱可终究是一片的喊杀声。树叶狂喜得翻过背来逆上去,草片跳跃着,屋瓦吓得挤得更紧,更密,在欢跃的水珠下慑服着,抖颤着。

没有悠闲的蝉声。四周都是愉快的,宏壮的,舒困的音乐。

雨前

◎何其芳

最后的鸽群带着低弱的笛声在微风里划一个圈子后,也消失了。也许是误认这灰暗的凄冷的天空为夜色的来袭,或是也预感到风雨的将至,遂过早地飞回它们温暖的木舍。

几天的阳光在柳条上撒下的一抹嫩绿,被尘土掩埋得有憔悴色了,是需要一次洗涤。还有干裂的大地和树根也早已期待着雨。雨却迟疑着。

我怀想着故乡的雷声和雨声。那隆隆的有力的搏击,从山谷返响到山谷,仿佛春之芽就从冻土里震动,惊醒,而怒茁出来。细草样柔的雨声又以温存之手抚摩它,使它簇生油绿的枝叶而开出红色的花。这些怀想如乡愁一样萦绕得使我忧郁了。我心里的气候也和这北方大陆一样缺少雨量,一滴温柔的泪在我枯涩的眼里,如迟疑在这阴沉的天空里的雨点,久不落下。

白色的鸭也似有一点烦躁了,有不洁的颜色的都市的河沟里传出它们焦急的叫声。有的还未厌倦那船一样的徐徐地划行。有的却倒插它们的长颈在水里,红色的蹼趾伸在尾后,不停地扑击着水以支持身体的平衡。不知是在寻找沟底的细微的食物,还是贪那深深的水里的寒冷。

有几个已上岸了。在柳树下来回地做绅士的散步,舒息划行的疲劳。然后参差地站着,用嘴细细地抚理它们遍体白色的羽毛,间或又摇动身子或扑展着阔翅,使那缀在羽毛间的水珠坠落。一个已修饰完毕的,弯曲它的颈到背上,长长的红嘴藏没在翅膀里,静静地合上它白色的茸毛间的小黑眼,仿佛准备睡眠。可怜的小动物,你就是这样做你的梦吗?

我想起故乡放雏鸭的人了。一大群鹅黄色的雏鸭游牧在溪流间。清浅的水,两岸青青的草,一根长长的竹竿在牧人的手里。他的小队伍是多么欢欣地发出啾喁声,又多么驯服地随着他的竿头越过一个田野又一个山坡!夜来了,帐幕似的竹篷撑在地上,就是他的家。但这是怎样辽远的想象啊!在这多尘土的国土里,我仅只希望听见一点树叶上的雨声。一点雨声的幽凉滴到我憔悴的梦,也许会长成一树圆圆的绿荫来覆荫我自己。

我仰起头。天空低垂如灰色的雾幕,落下一些寒冷的碎屑到我脸上。一只远来的鹰隼仿佛带着愤怒,对这沉重的天色的怒愤,平张的双翅不动地从天空斜插下,几乎触到河沟对岸的土阜,而又鼓扑着双翅,作出猛烈的声响腾上了。那样巨大的翅使我惊异,我看见了它两肋间斑白的羽毛。

接着听见了它有力的鸣声,如同一个巨大的心的呼号,或是在黑暗里寻找伴侣的叫唤。

然而雨还是没有来。

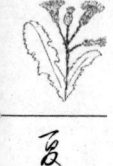

夏日南京中的我

◎姚颖

我很有自知之明！我在南京与我不在南京，南京并没有两样。我春日在南京与我夏日在南京，南京亦没有两样。可是倒过来说，在南京的我与不在南京的我，自然不同，春日南京的我与夏日南京的我，更有区别。语堂先生论小品文笔调，侧重是我，好，就以我为中心点罢！而且，不宜妄自菲薄，这是古人说的，我又何必自馁！

夏日来了，第一个重要问题，就是何处避暑？朋友们来同我讨论，有的赞美莫干山，路程既近，费用又少。有的赞美青岛，市政完善，而且还可以洗海水浴。有的赞美庐山，啊，好伟大的庐山啊，气候凉爽，风景优美，有天然的山水游池，不亚于青岛，计程一日半可达，亦与莫干山相差有限。当他们讨论完毕，问我的意见怎样，我说："避暑有两个先决条件，一是力求舒服，一是有山林气，否则，我宁肯居住南京，挥汗喘气。"自然，我言外之意，他们都是懂得的。

现在是七月底了，我还没有离开南京，恐怕此文与读者相见时，我仍然没有离开南京。朋友们都来问我："为什么理由？"我说："没有理由。"有位惯掉文的朋友，他说："孟子不云乎，我无官守，我无言责也，则吾进退，岂不绰绰有余裕哉！你现在正是此等人，何必自苦若是！"我说："我并不自苦，只是你将孟子的话漏落了一句,孟子是这样说,我既没有官守,又没有言责,而且我有很多的铜钿,所以我进退裕如,想到哪里就到哪里。"

实则,我若有官守,我若有言责,事体又好办了!譬如,我若负军事或党务工作,我可借口请示蒋委员长而到庐山。我若负内政或铁路工作,我可借口视察路政或市政而到青岛。甚至我可以为敦促黄委员长北上而赴莫干山,为视察华北战区人民疾苦而游览西山。若果我位卑职小,不能自作主张,我就弄个随员,一样可以达到目的。孔子曰"必也正名乎",我只要会找题目,暑也避了,而且旅费也无须自掏腰包,真是一举而数善俱赅!朋友们怪我自苦,我也不辩。我自苦的原因,大约就是"我无官守,我无言责也"吧?我想。

夏日的南京气候并不因我不离开而减少其热度,它一样热;而且异乎寻常的热,据天文台报告,为六十年所未有,其热也可知!我热到不能忍受的时候,说也奇怪,我的思想,忽然异常灵敏,我的感情,也觉异常冲动!当冰厂送冰来时,我见其高者如山峰,低者似平原,其溶化处,或肖瀑布,或像河流。我不觉神游其间,寒极而颤。不料一股热气,将我吹昏。我由热风而联想到热带,热带人民并不因热而绝迹,亦不因热而自杀,且因生活紧迫,常作一望无垠的沙漠旅行。他们之视温带,何异于我们之视庐山,人心贵知足,我又何必太息!涉想至此,方能片刻的畅快,不料一股热风,又复将我吹昏。是时,某君来访,黄包车夫以热为理由,坚请增加车资。我觉车夫在烈日熏蒸之下,佝偻奔驰,形似耕田之牛,状如落汤之鸡,劳累终日,得值不过几角,一家数口,依此为生,我虽上方不足,而下比有余!我思至此,心境泰然,不料一股热风,又复将我吹

昏！我乃为之愤慨，忽睹案头日历，见今天才是大暑，离立秋尚有半月，而且据流俗传说，立秋后尚有二十四个秋老虎。我于是怪光阴过得太迟，恨不能即刻到中秋，即到重阳，或效东坡之承天夜游，或效孟嘉之登高落帽。我怪极而恨，乃实行封闭日历，并告家人，切无启视。我又见报纸上登载本月上半月热度比较表，一至五日，已达九十几度，五日以后，更在百度以上，我于是为报复计，将报纸火而焚之，并将壁上挂之寒暑表，取而掷诸冰箱，移时检视，热度已降至五六十度。及夜视之，几至冰点，我乃如金圣叹之批西厢，连呼"不亦快哉！不亦快哉！"

我所居者为楼房，我环顾四周，我轻视房东，轻视建筑此房之打样及工程师！一间较大的卧室，自朝至晚，无时不在阳光直射之中。一间轩敞的会客室，正当西晒。下午四时至八时左右，此两室因为不易退热，反较室外温度为高。我尝戏谓此两室为火炕。有必不得已而须经过此两室者，名曰跳下火炕。朋友等亦知我的会客室为火炕也，而减少往来。我虽觉人事疏稀，然因与热无关，我仍然发恨，当日为什么要赁居楼上？"六腊不登楼"，我为什么连这点常识都没有？我的思想，这样的越想越复杂，我的感情，这样的越变越紧张。母亲深恐我因此而热昏了，她劝告我说："你定定心吧！心静自然凉。"

心静自然凉，这倒是一句经验之谈，可是我的心，如何静得下来。我于是想，与其静心，不如劳作，我仍如春、秋、冬各季，起床，吃饭，睡觉。我仍种菜，种花，喂猫，喂狗。我仍外出，购物，访友，游山，玩水。我仍阅报，读书，写字及替《论语》或《人间世》写文章。我仍这样那样，一切一切。固然，在劳作时间,汗是越流得多,气是越喘得凶,可是我顾不了许多,充其量不过多洗几次澡,多洗澡也是运动,在这个热天,以洗澡代运动,也未尝不是一种办法。我这样的劳作,反觉着夏日无奈我何,我也似乎于此中得悟人类生存之道。不过我的生活,终因热的关系,不能如平日之有规律。譬如夜间睡眠时,或因热而不能寐,或因蚊虫之扰乱而不能寐,或因要人们兜风汽车之喇叭声,使我由梦中醒来。因为这种缘故,精神不免疲倦,因而常影响到饮食起居及工作。所幸我无官守,我无言责也,我不受什么拘束,我能照样的劳作,自觉已高人一等,生活虽然有变迁,这是无关宏旨的,我想。

我自实行我的新生活(夏日劳作)以来,思想也较单纯,感情也少激越。我已不怨天,不尤人,只想在紫金山找一个土洞,如藏本先生躲藏起来,浑浑噩噩,愈使我的生活,反诸自然,斯愿足矣。不过我顾虑的,怕狼先生不讲交情。至于宪警先生们的搜寻,我倒不怕。

夏在良丰

◎罗洪

我不能忘记生活在良丰的去年的夏天。在都市、小县城,以及江南恬静的乡村,我的夏天生活总是那么悒倦,那么困顿,无论怎么都不能使自己十分振作。在夏天,我的工作效率,往往会减低。可是在山水甲天下的桂林的良丰,我度过了一个值得回忆的夏天。

良丰在桂林西南二十多公里,四面多山,完全是一个幽静的乡村。距良丰镇五里有一个西林公园,里面有石山两座,山上有大小岩洞,最大的一个,可容一千多人;经人工改建了,里面并不黑暗。夏天坐在那边,简直还觉得太凉了一点。那最大一个岩洞的附近,有一株极大的红豆树,所以在红豆树旁边的一个院落,就名为红豆院;而园里有一泓澄清的溪水,便名之为相思了。全园多花木,也有一点亭台楼榭,但并不装点得富丽,倒也不见得怎样俗气,不失掉山水花木的可爱处。

西林公园本来是广西大学的校址,我们去的时候,已改为桂林高中的校舍,但去年冬天我们离开广西时,广西大学又从桂林搬了回来,而桂高中则搬上桂林跟初中合并去了。

给炮火跟随着,给轰炸威胁着,在一个艰难困顿的行旅之后,到达这个安静幽美的胜地,我几乎疑心自己正做着梦呢!我记得我们到达良丰是去年二月二十三日,二十二日的傍晚,我们才到了仰慕已久的西南胜地——桂林。

我简直分析不清楚当时自己的心理,是纯粹的欢喜,还是夹杂着一种复杂的情绪。这种情绪到底是什么,不容易说得清楚,比较起来,抱愧的成分是十之八九的。因为一想到要在这样一个幽美的环境中住下去,心里除欢喜之外,总有点不安。

这里有终年飘浮着的四季桂的幽香,有其他不知名的花草与果树,一幢幢房子,掩映在树丛里面。从屋子里望出去,总是一片绿油油的颜色。到月季、山茶、夹竹桃开放的时候,那种美丽样儿,我觉得文字不够形容它。尤其是初夏,简直满山是殷红的杜鹃,淡黄浅紫的野花,只要你喜欢,可以随手去采撷,插在花瓶里,挂在襟头,都十分相宜。记得那时桂高中一部分同学追悼一位在寒假宣传工作中操劳过度而牺牲的学生,好几个花圈,都由几位女同学到山上去采掇自做的。我看那些花圈不比上海花店里扎的坏。

我刚到这里,总以为自己太逃避了现实,放着外面激昂勇壮的抗战工作不去直接参加,却躲在这奇峰曲径的地方来游山玩水。每在恬静中惊觉这点,身心便感到十分不安。但不久我就看出这僻静的乡村对于抗战的情绪相当高涨,而这里同学们对宣传工作也十分紧张的,每逢墟日,市集上卖东西的,女人有时占着多数,据说她们的丈夫和兄弟,有的都出征了。这里的民众对于服役的事很忠心,对于公众的责任观念比较重;也许为了以前交通阻隔,不大见到外省人,所以对于外省人的界限,好像划分得比较深,至于其他方面,我觉得都比江南一带的农民好。我对于四周环境这样熟习起来,嗅到了抗战的浓重的气味,心里很高兴。

初夏快来的时候,我正在开始写中篇《后死者》,预备赶快结束了这个中篇,再继续写一点短篇的散文。可是刚写下一万字光景,那天早上不知为了什么,忘了给小女孩多穿一件衣裳,晚上就发烧。良丰的天气实在是凉快的,虽是初夏,早上夜晚总得给孩子们多加一件衣服,这小孩刚到广西的时候也患过肺炎,因为湖南的气候跟广西的相差很多,在湖南出发时小孩还穿两件薄棉一件绒线的外衣,一到良丰热得只管流汗,给她减轻了衣服,立刻就从感冒变成肺炎,赶忙上医院去,不满三天完全好了。为了良丰交通不便,每天上桂林去只有一次公路车子,还得走五里路,走到良丰镇去搭,所以普通的药物,譬如金鸡纳霜、硼砂、消毒药水、软膏、消食药、三福消肿膏,都备有一点。那夜小女孩热度很高,我知道原因是着了凉,急忙给她敷消肿膏,怕她成为肺炎。第二天她安静地睡着,热度稍退,只是不想吃东西。这孩子本来柔顺乖觉,我见她这样安静,就不预备当天上桂林去求医,以为倒是我写文章的机会,便陪在她旁边继续写《后死者》。到傍晚,她精神比较好,我看她汗出得很多,还给她洗了头发,她快活得只用小手拍自己的头。我抱起她时,只让她脸子向我的脸子凑过来,看样子病势没有什么严重了,她还安静地吃了半碗鸡蛋粥,拿起几个南洋的漂亮的贝壳,玩了一下。然而那天晚上,情形突然转变了,她不肯入睡,也并不吵闹,尽把两个小指头放在我嘴里,用力挖,我痛得不能忍受,把它移开了,她却一定要伸到我嘴里。昨夜因为她发热,我睡得极少,白天又几乎整天写东西,此刻疲倦得实在需要睡了,可是她老是把我的嘴唇拧得疼痛,无法睡去。到了夜深时候,她忽的喘了起来,声音极响,我屡次给她喝水,她总是如得甘露似的。后来喘得更厉害了,我抱她起来，盼望快点天明，好设法给她医治，一方面又抱怨自己太疏忽，理应今天上桂林进医院的事，竟耽误下来。我焦急，害怕，听着她痛苦的喘声又十分难受，时间却好像分外走得缓慢，守到天亮实在太久了，我从未经验过这样焦灼的情绪。

天亮了我们就打电话到桂林去设法车子，因为公路车要到午后两点才有。车行都回说没有，孩子情形却一刻比一刻坏起来。感谢教育厅邱厅长，他答应我们借用教厅的车子，但车送到医院，不满两个钟头就气绝了！

我实在料不到一个人这样容易死亡，关于小女孩的事，记得在两个短文里面也提起过，然而我在这里又不能禁止自己的饶舌，每一想起流亡的生活，每一想起在流亡中住得比较长久的广西，总会想起这个流亡途上备受苦难的可怜的孩子！

夏天来了，我觉得树木更葱翠，整个西林公园变得更鲜明，人家都告诉我夏天应该好好地防蚊虫，良丰的蚊虫十分厉害，疟虫也多。我们本来早预备了蚊帐，初夏时候倒不怎样多，天一热蚊虫真多得可怕，晚上需要工作时，点了蚊香还得挨着给它们吸血，可是因为晚上天气凉快，吃过晚饭到山脚边散步一会，总不想让凉快的时光白白过去，点着蚊香工作的。但有月亮的日子我们也会丢了工作去划船，在那条澄清的相思江里，划着一条小小的船，真有无穷乐趣；远远的山影，四周的花木屋舍，树梢上一轮鲜明的初升的圆月，衬着几抹晚霞，合凑成一幅亲切温雅的图画。我觉得在抗战中间得享受这种乐趣，实在是有点过分的。有些日子，我们也趁着傍晚散步的机会，跟农人们闲谈，他们懂得相当的多，我们便谈起抗战，谈起庄稼的事务，也谈起眼前作战的情形。

每天早上，我预备看两个钟点的书，写两个钟点的东西，计划在暑假中间，把前人笔记小说中关于民族英雄的故事，摘录下来。但中间因为病，到底没有把这个工作完成。

夏天的良丰，只有中午时两三个钟头有点炎热，其他都像上海立秋后的天气一样，晚上还是需要盖薄薄的棉被。学校里有一个天然游泳池，我们决心要在暑假中学会它，所以每天午后，总要在游泳方面耗去两三个钟头。可是因为病，只学了一个星期不能再继续下去，所以我的游泳成绩只能全身在水里作蛙式的游姿，不能让头浮在水面的。现在回到孤岛，虽有游泳池开放，但我不想凑热闹，我不欢喜那么多的人挤在一个小小的游泳池里。

良丰，这个在我流亡途上给过我不少温情的美丽的良丰，它是常常在我记忆中浮沉的！

1939 年 9 月

京城八月荷花艳

◎罗杰

北京的夏天,时间虽不算长,但在三伏中的日子,有时也会热得令人坐立不安,故此北京人便有"消夏"之谓。阳历八月里,正是荷花盛开季节。京城中水面不少,最宜赏荷。如于此时在湖畔塘边,条条柳丝之下,看莲荷出污泥而不染,亭亭玉立于碧水之上,先收心中清凉之效;再有微风轻拂,水波荡漾,顿觉身上暑气消退。实为消磨炎夏佳法之一。

京城赏荷三海固然极佳,其他各处也每有可观。很多公园更在此时以荷花为题大做文章。但可惜的是不少只是虚应故事,徒有其名罢了。

今年八月,适逢在京城小住,曾往四园及一寺观荷,现记于下。

八大处灵光寺

京西古刹八大处中二处灵光寺后有莲池一潭。莲池背倚山岩,石间有淙淙泉水注入池中。莲池虽不大但修建精美。池心建水榭一座有石桥可通。池水碧绿,因内蓄有锦鲤多尾,故常有游人立池边饲鱼以观其争食为乐。环池周围遍植翠竹,偶来微风,竹叶窸窣。

池内养莲的水面不足四分之一。浮在水面翠绿厚实的莲叶上有朵朵莲花正开。数十朵黄芯白莲,有的尖瓣半开,也有的吐蕊盛放。难得的是池中的花虽竞放,但不争艳。炎日映照之下,池中游鱼摆尾,水面涟漪轻散;不动的只是那些叶绿若碧玉、花白如瑞雪的浮莲。

景山

景山园内并无水面,但今夏也有"荷花展览",所以是盆荷。所有荷花均养于泥缸泥盆之内,然后放置在四门左右及部分行人路边,供人观赏。

大部分盛开的荷花均放置在近公园大门处,用以吸引每一个入园的游人。数十盆茂盛的荷叶从盆中伸展开去,轻风摇曳,在艳阳下把荷荫铺了一地。在错落有致的荷叶掩映之中,粉红色的荷花姿态各异,颜色娇美:有的花苞尚小,是柔嫩的浅粉色;有的含苞欲放,是娇媚的淡粉红;有的花瓣半启,是柔美的粉红色;也有的荷花尽开,是艳丽的深粉红色。你大可站在这些荷花盆边,在咫尺之内细细观赏。当夕阳暮色,空气中仿佛有幽香轻送,但当你欲寻香来何处,眼前却只有花儿不语。

含苞欲放的荷花在我眼中最美。当稚嫩花苞已经成熟,丰满的花蕾顶部带着鲜艳的粉红色,蓄势待放,姿态最是迷人。像亭亭玉立的少女,秀色可人,却无半点媚俗之态。

太阳西沉,暮色朦胧之际,景山最宜登高远眺。孩提时在我眼中高不易攀的万春亭,如今再登山路竟然不过片刻已达。在煤山之顶南望故宫千百座宫殿巍巍,绵亘数里,黄色的琉璃瓦在夕阳余晖之下反射着耀眼的金色光芒。明清两朝数百年的宫阙壮丽依然,只不过岁月流逝,如今已是夕阳残照。向西看是风景秀丽的三海,被绿树环绕的湖水粼光闪闪。白塔之下,有几叶小舟轻摇。北面是车水马龙的鼓楼大街,大街两旁周围是京城最古老传统的居住地区,人烟稠密,房舍鳞次栉比。再转过东面只见远处高楼如林,轻纱般雾气的后面矗立的是一片现代都市的绰绰暗影。

北海

漫步游览北海最美的时间是在清晨,旭日欲出,晨雾未散的时候。从北门进园,映入眼帘的是隔水相望的琼岛。清晨的雾像一层薄薄的纱,把白塔、长廊和岛上的亭台楼阁笼罩在淡淡的朦胧之中。隐隐约约,若隐若现,真恍若仙岛楼阁。再看一湖绿水波平如镜,白塔楼台在湖中的倒影让人自觉仿佛是身在画中。沿岸漫步,微风偶过,吹起条条柳丝轻荡,湖中涟漪片片涌来,乱了岸边排排小舟在水中的影子。林荫之中,扶桑紫薇开得正好,边走边看,不觉已近东门。这时旭日初升,晨雾飘散,扶栏远望,湖心里已没有了楼台倒影重重,换来的是一池碧水的粼光片片。

从东门到正门这一片湖面,原是北海夏日荷花最盛的地方。从孩提时直至初小,由于家住东城离北海不远,夏秋之季每逢周日,父母都会带我们兄妹到北海来摘莲蓬,剥莲子。想起那时央得父母租一小船游湖,荡桨至此,由于湖中种满了莲荷,船便不能划过。我和妹妹坐在船上,舷边荷花莲蓬触手可及。有时岸上无人理会,我和妹妹便摘得莲蓬一两枝,拿在手

里,当时还是孩童的我们心中竟有一种偷偷摸摸的窃喜。"文革"之前一两年,家里搬到西城居住,北海便不再常来了。十年动乱浩劫,风云突变,家中各人在当时都自顾不暇,哪里还有什么闲情来此看荷!记得十年期间也来过几次北海,可惜的是记忆中竟再也找不回白塔下那湖中荷叶碧如水的回忆。

通往琼岛的石桥下,湖面上柳树的倒影里漂浮着荷叶片片。三三两两的野鸭,有的伫立在岸边石块之上,有的在湖中凫水而过,带起几许三角形的漪澜轻漫。一只野鸭停栖在荷叶之上,伫望中不时悠闲地回头梳理羽翼,或是把嘴伸入水中觅食;湖中的荷花已经开过,留下的只有荷梗枝枝。我们环岛走了一圈,也只是在湖畔或水湾不多的几处水面上看到有荷叶散布其中,不过可惜的是荷花也多已开过,想倚栏观荷要待来年。

三十几年过去,孩提时记忆中的北京很多地方名字虽存,面目已非。琼岛白塔如今依旧,可惜的只是少了炎炎盛夏一湖碧荷清凉入心。

植物园

植物园位于西山卧佛寺附近。在五十年代中已经建成,但逐渐被北京市民所认识好像只是近几年的事。我一向闻说植物园栽种、培养奇花异草不计其数,特别以热带植物为然。所以此次造访,原想是在珍贵花木中大开眼界,并非为观赏莲荷而来。

"有心栽花花不发,无心插柳柳成荫"。植物园走了一圈下来,奇花异草、珍贵花木园中所见不多,倒是找到了两处观莲赏荷的好地方。

其一是在众多的植物温室中有一小小的莲池。莲池虽小,其中却有数种难得一见的热带莲花品种。除了大王莲看起来硕大粗糙外,其他几种莲花无不清艳可人,令人驻足。浮于水面那些小小的莲叶只比手掌略大,其中白色莲花长圆形的花瓣中心是淡黄色的花蕊,看上去淡雅脱俗,好像是被谁不经意地放在一片片莲叶之上。淡红色的莲花绽开得叶绿花红,在墨绿色的池水中更显得俏丽明艳。最美的是一种淡紫色的小莲,莲梗出水半尺,尖尖的花瓣从后边缘紫色便渐渐淡去,直到花蕊中淡得看不出颜色来,有说不出的娇小玲珑,清雅怡人。

其二是园后面的小湖,湖中有千百枝莲荷盛开,尤以近岸处最为绚烂。此处虽无十里荷花水连天的景象,但莲花荷花的品种之多应可名冠京城。品种既多,颜色更是多彩多姿。淡红,粉红,淡粉,淡紫,浅紫;白中带粉,白中带淡黄,纯白色等等,直令人目不暇给。湖水很浅,可以看到多数莲荷是先种在盆中,再放入湖中供人观赏。所以一片池塘般大的水面上才可以有这样多的品种比邻开放。湖畔有凉亭,如果天清气朗,在清晨或傍晚时分倚栏小坐,晨曦晚霞之中,轻风应可带来荷香阵阵,想来不禁令人悠然神往。

圆明园

到圆明园看荷可以说是无心之举。只因观荷间无意中听到有人在议论:"圆明园荷花虽多,讲品种可不如此处。"可谓

讲者无心,听者有意,我当时想何不前去看看?再一问原来圆明园距离此地并不远,于是便驱车去了。

进了园门,已经可以见到引导游人观荷的路标,看来这确是夏天游园的重头戏。适逢周末假日,园内张灯结彩,处处游人如鲫。除了亭台水榭人头涌涌,还有不少游艺节目令孩童们趋之若鹜。我既专为观荷而来,所以一路脚步急急,并未对身边其他的景致稍加留意。

及至走到湖畔,只见成片成片的荷叶覆盖了湖面的大半,一直伸展到烟雾笼罩的远处,真有荷开几里的气势。此时好像是风雨欲来,天色阴郁,远处的山水景致更在雾气缥缈之中,虽然无太阳高照,荷花艳色稍减,不过在烟霞漫漫之下,荷花又别有一番韵味。

我沿岸漫步,除了见到有几个吸着烟的钓鱼人坐在湖畔之外,竟再无其他游人。走了不远岸边筑有土屋近十间,细听其中隐约传来狗吠之声,屋顶也有些炊烟飘出,俨然是有人居住的小村落。走近些向一院墙内张望,牲畜、水井、一串串晒干的苞谷,真令人不能相信这里是在圆明园内!我想这荷塘边的数间土屋虽然令这里看上去有些乡野之趣,但凌乱的环境和畜圈中令人欲呕的气味可令圆明园内其他修葺一新的瑶台亭榭景致失色不少。好在绕过这小村后,前面的无数荷花还是那样的清,那样的艳。

湖岸弯弯曲曲,我沿着岸边小路和小桥,时而在湖岸,时而在湖心的小岛之上。好在在这园中,不管你走到哪里,只要是有水的地方,荷叶密密层层,荷花随风摇曳,莲蓬数之不尽,总是赏荷的好地方。只是荷花颜色太少,除了粉红色的荷花外,竟连白荷也百不挑一,实在是美中不足之处。

进了长春园，这里的荷花竟又是另一番景象。满湖种满了荷花，水中搭建了几座木台，供游人观荷之用。走到台上，顿觉被千千万万的高与人齐的荷叶紧紧包围，无数荷花在微风下如万头攒动，真令人仿佛身处"莲岛瑶台"。远眺平湖"坦坦荡荡"，近看秀色"湖山在望"，环视不尽的"曲院风荷"；今日有幸"澄心鉴碧"，眼前一幅"天然图画"，哪能不有"海岳开襟"之感！

　　明年夏季如果在京，要去烟波浩渺、莲花万亩的白洋淀赏荷，闻说那里的荷花淀有荷花数千亩，密密层层，一望无际，荷连水，水连天。驾小船穿梭于芦荡与荷塘之间，荷叶翠，莲花红。苇浪水波，鱼肥蟹鲜，又是何等的令人向往！

夏三虫

◎鲁迅

夏天近了,将有三虫:蚤,蚊,蝇。

假如有谁提出一个问题,问我三者之中,最爱什么,而且非爱一个不可,又不准像"青年必读书"那样的交白卷的。我便只得回答道:跳蚤。

跳蚤的来吮血,虽然可恶,而一声不响地就是一口,何等直截爽快。蚊子便不然了,一针叮进皮肤,自然还可以算得有点彻底的,但当未叮之前,要哼哼地发一篇大议论,却使人觉得讨厌。如果所哼的是在说明人血应该给它充饥的理由,那可更其讨厌了,幸而我不懂。

野雀野鹿,一落在人手中,总时时刻刻想要逃走。其实,在山林间,上有鹰鹯,下有虎狼,何尝比在人手里安全。为什么当初不逃到人类中来,现在却要逃到鹰鹯虎狼间去?或者,鹰鹯虎狼之于它们,正如跳蚤之于我们罢。肚子饿了,抓着就是一口,决不谈道理,弄玄虚。被吃着也无须在被吃之前,先承认自己之理应被吃,心悦诚服,誓死不二。人类,可是也颇擅长于哼哼的了,害中取小,它们的避之惟恐不速,正是绝顶聪明。

苍蝇嗡嗡地闹了大半天,停下来也不过舐一点油汗,倘有伤痕或疮疖,自然更占一些便宜;无论怎么好的,美的,干净的东西,又总喜欢一律拉上一点蝇矢。但因为只舐一点油汗,只添一点腌臜,在麻木的人们还没有切肤之痛,所以也就将它放过了。中国人还不很知道它能够传播病菌,捕蝇运动大概不见得兴盛。它们的运命是长久的;还要更繁殖。

但它在好的,美的,干净的东西上拉了蝇矢之后,似乎还不至于欣欣然反过来嘲笑这东西的不洁:总要算还有一点道德的。

古今君子,每以禽兽斥人,殊不知便是昆虫,值得师法的地方也多着哪。

4月4日

蝉的一生

◎周作人

夏天到了,"知了"就将叫了起来,我在夏至前五天听见一只山知了来到院子里的槐树上开始唱歌,它与法勃耳《昆虫记》所说相合,可是后来有十多天不见有第二只出现。蝉这名称太不通俗,俗名又多有音无字,写出来反正只是虫旁加声,徒然使得排印困难,不如用这二字,有人传说赋得啁始鸣的试帖诗,第一句云"知了知花了",可知比较还可通用,虽然乡下读两字都是去声的。《昆虫记》中有关于蝉的文章五篇,把它的一生说得相当清楚,据说其幼虫钻入土中,就树根吸水为生,大概越四年之久,成为"复育",择日破土出来。复育的样子不大好看,就同药铺的蝉蜕一样,不过更是膨胀胖大,身体内充满了水分,它从地底下钻出来,并无别的器具,只是把水撒在土中,用力挨挤,四围湿泥成为三合土的墙,隧道便渐渐成功,水用完时回到树根再去吸取,直至到达地面,所以它的洞口整齐光滑,没有一点碎土。知了蜕化以后,大抵可以生活五个星期,它的工作是吸树汁(蝉是餐风饮露),歌唱(雄),以及生殖。这里奇怪的事是它为什么歌唱的呢?照例说这是在唱情歌,但蝉却都是聋子。可是眼睛很好,在树上叫着的时候你走近前去,它会撒你一脸的尿急忙飞去了,若在后边拍手高呼,它却全不在意,法

勃耳曾经在树下放过两响村社祭日所用的田鸡炮，它们还是叫得不停也不逃走。那么这是为了什么呢，他又说不知道，大概只是表示生的欢乐吧。

1950 年 7 月 24 日

蝉

◎许地山

急雨之后,蝉翼湿得不能再飞了。那可怜的小虫在地面慢慢地爬,好容易爬到不老的松根上头。松针穿不牢的雨珠从千丈高处脱下来,正滴在蝉翼上。蝉嘶了一声,又从树底露根摔到地上了。

雨珠,你和它开玩笑么?你看,蚂蚁来了!野鸟也快要看见它了!

夏

◎叶圣陶

编者嘱交出最近一周间的日记。可是我并不写日记。在二十岁前后的数年间,曾继续不断地写过十几本日记;成了习惯,就与刷牙漱口一样,一天不写是很不舒服的。怎样会间断下来,现在已想不起了。这十几本东西包得好好地,放在一个书箱里,在今春上海战役中失去了。

有一些人确然应该写日记;但是像我这样生活简单的人似乎没有必要。今天和昨天相仿佛,明天又和今天差不多,如果写,无非刻板文字。即就最近的一周间说,写日记时就将每天是"看稿多少篇,校排样多少张,撰小学国语课文多少课"。这有什么意义?

从家里的床而工作所的椅子,而家里的椅子,这样就是一天。第二天照样。莫说有冬夏而无春秋,就是最近半个月的酷热,也只觉腕底的汗沾湿了纸张而已,若说这就是夏令,似乎殊无凭证:耳不闻蝉声,目不见荷花,纳凉消暑的韵事也不曾做过。但是我并不叹惋,以为这样的生活非人所堪。春间炮火连天,每天徘徊街头或者枯坐避难所里,愤慨百端,但没一事可为,那时候我尝到了空着手不做事的强烈的苦味;聊自排遣,曾经缝了一身自己的衫裤。自从有了这经验,我比以前不怕忙迫了,有可做,尽量做;节候之感谁还管——如果写日记,这一节倒是可以写上去的。

夏天的昆虫

◎汪曾祺

蝈蝈

蝈蝈我们那里叫做"叫蛐子"。因为它长得粗壮结实,样子也不大好看,还特别在前面加一个"侉"字,叫做"侉叫蛐子"。这东西就是会呱呱地叫。有时嫌它叫得太吵人了,在它的笼子上拍一下,它就大叫一声:"呱!——"停止了。它什么都吃。据说吃了辣椒更爱叫,我就挑顶辣的辣椒喂它。早晨,掐了南瓜花(谎花)喂它,只是最其好看而已。这东西是咬人的。有时捏住笼子,它会从竹蔑的洞里咬你的指头肚子一口!

另有一种秋叫蛐子,较晚出,体小,通身碧绿如玻璃料,叫声轻脆。秋叫蛐子养在牛角做的圆盒中,顶面有一块玻璃。我能自己做这种牛角盒子,要紧的是弄出一块大小合适的圆玻璃。把玻璃放在水盆里,用剪子剪,则不碎裂。秋叫蛐子价钱比侉叫蛐子贵得多。养好了,可以越冬。

叫蛐子是可以吃的。得是三尾的,腹大多子。扔在枯树枝火中,一会就熟了。味极似虾。

蝉

大别有三类。一种是"海溜",最大,色黑,叫声洪亮。这是蝉里的梦霸王,生命力很强。我曾捉了一只,养在一个断了发条的旧座钟里,活了好多天。一种是"嘟溜",体较小,绿色而有点银光,样子最好看,叫声也好听:"嘟溜——嘟溜——嘟溜"。一种叫"叽溜",最小,暗赭色,也是因其叫声而得名。

蝉喜欢栖息在柳树上。古人常画"高柳鸣蝉",是有道理的。

北京的孩子捉蝉用粘竿,——竹竿头上涂了粘胶。我们小时候则用蜘蛛网。选一根结实的长芦苇,一头撅成三角形,用线缚住,看见有大蜘蛛网就一绞,三角里络满了蜘蛛网,很粘。瞅准了一只蝉,轻轻一捂,蝉的翅膀就被粘住了。

佝偻丈人承蜩,不知道用的是什么工具。

蜻蜓

家乡的蜻蜓有三种。

一种极大,头胸浓绿色,腹部有黑色的环纹,尾部两侧有革质的小圆片,叫做"绿豆钢"。这家伙厉害得很,飞时巨大的翅膀磨得嚓嚓地响。或捉之置室内,它会对着窗玻璃猛撞。

一种即常见的蜻蜓,有灰蓝色和绿色的。蜻蜓的眼睛很尖,但到黄昏后眼力就有点不济。它们栖息着不动,从后面轻轻伸手,一捏就能捏住。玩蜻蜓有一种恶作剧的玩法:掐一根狗尾巴草,把草茎插进蜻蜓的屁股,一撒手,蜻蜓就带着狗尾草的穗子飞了。

一种是红蜻蜓。不知道什么道理,说这是灶王爷的马。

另有一种纯黑的蜻蜓。身上,翅膀都是深黑色,我们叫它鬼蜻蜓,因为它有点鬼气。也叫"寡妇"。

刀螂

刀螂即螳螂。螳螂是很好看的。螳螂的头可以四面转动。螳螂翅膀嫩绿,颜色和脉纹都很美。昆虫翅膀好看的,为螳螂,为纺织娘。

或问:你写这些昆虫什么意思?答曰:我只是希望现在的孩子也能玩玩这些昆虫,对自然发生兴趣。现在的孩子大都只在电子玩具包围中长大,未必是好事。

花园底一角

◎许钦文

荷花池和草地之间有着一株水杨,这树并不很高,也不很大,可是很清秀,一条条的枝叶,有的仰向天空,随风摆荡,笑嘻嘻的似乎很是喜欢阳光底照临;有的俯向水面,随风飘拂,和蔼可亲的似乎时刻想和池水亲吻;横在空中的也很温柔可爱,顺着风势摇动,好像是在招呼人去鉴赏,也像是在招呼一切可爱的生物。

在同一池沿,距离这水杨两步多远的地方,有着一株夹竹桃;这灌木比那水杨要矮,也要小,轮生着的箭镞形的叶子,虽然没有像那水杨底的清秀,可是很厚实,举动虽也没有像那水杨底的活泼,可是庄严而不呆板。

比较起来,自然,可以说是水杨是富于柔美的,夹竹桃是富于壮美的。荷花池并不广,靠池一边的草地也不长,有了这两株植物,看去已经布满了池和地底界线,这在现在,自然也可以说是水杨和夹竹桃,筑成了荷花池和草地底界线了。

在草地上,看去最醒目的,除了高高地摇摆着的一丈红,要算紧贴在墙上的绿莹莹的叶丛中底红蔷薇了。如果视线移近点地面,就可在墙脚旁看到凤尾草,还有五爪金龙,在一丈红底近旁又有蒲公英和铺地金,还有木香;还有牵牛花,昂着头,攀附着一丈红,似乎想和这直竖着的草茎争个高下。至于紧贴在地面的,虽然看去只是细簇簇碧油油,好像是柔软的茵褥,可是如想仔细地弄清楚,不但普通中学校底博物教师要"嗳——""嗳——"地说不出所以然,就是大学校生物系里底教授,也难免皱一皱眉头呢。

在池中,一眼看去,似乎水面上只有荷叶和荷花,可是仔细再看,就可以知道还有莲房,还有开着小黄花的萍蓬草。其实,只是荷叶和荷花,也就够多变化够热闹了。荷叶有平展着圆盘浮在水面上的,有黄伞般在空中摇摆着的,有一半已经展开一半还卷着勇气勃勃地斜横着的,有刚露出水面还都紧紧地卷着富于稚气的;也有兜着水珠把阳光反映得灿烂炫目的,也有已经长得很高,却未展开叶面,勇敢无比地挺着,显得非常有希望的。荷花,已经开大的好像盛装着的美女正在微笑得出神。还只开得一点的仿佛处女因为怕羞只在暗中偷偷地笑的样子。

在水面,没有荷叶或者萍蓬草浮着的地方,时时可以看到突然露出一个青蛙底头来,或者一条细小的蛇昂着头弯弯曲曲缓缓地游过。水中有水虱,又有水蚤,还有许多形态很不雅观,却很强有力而自以为是的生物,如蚂蟥泥鳅之类。

可是,在这池面上,最富生气的总要算是徘徊其间的蜻蜓了,他有着圆大的眼睛,看得很仔细,而且看得很快,只需一瞥,他就了然了,虽然他底翅子很单薄,尾巴也很瘦小,但是身子并不笨重,而且原动力还强,所以毫无驾驭不住的情形,很自在地游行飞舞其间,有时停在荷花底瓣上,使得荷花点一点头,有时停在萍蓬草上,使得花梗弯一弯腰。不消说,因为他,池面上增了不少生趣。他也觉得这环境委实好,池中固然丰富,池旁底草地上还有着这样多的花木。因为有着水杨和夹

竹桃，虽在太阳照得很凶猛的时候，也有阴荫可以避暑，却仍可以望见蔚蓝的天空，因为树底枝叶并不遮住全池面，傍晚也可以望见晚霞，夜中还可以见到星星和月亮。但使他徘徊着的主因，却是因为池旁草地上有着一只华美的蝴蝶。说是华美，还得解释清楚点，这固然不是像一般盲从时髦的小姐们底一味地花花绿绿，也并非像专尚漂亮的底只是奇形怪状，照实具体地说，就是她底色彩形态，并没有什么奇特的成分，只是因为配合得适度，所以很是悦目了。就是她底举动，也并没有什么是异乎寻常的，但是因为处处都很适当，就觉得是温和大方，使得蜻蜓看了，不由地心弦剥剥地猛跳，凝思神往，如痴欲狂了。

比方地说，这蝴蝶具有的美，宛如水杨所有的柔美，蜻蜓所有的恰是夹竹桃底的壮美。

几乎忘却，还有些事物不得不在这里补序一下了，就是在这美妙的景物间，还有着一只癞蛤蟆常在其中不管三七二十一地制丑感，不知道它是因为妒忌，还是因为它本是除了饥饱的感觉就什么也不明白了的，总之它有时忽在草地上出现，就对着飞舞得正在出神的蝴蝶说，"吃掉你，让我来吃掉你这蝴蝶罢！"

有时它忽在荷花池中出现了，也就对着飞舞得兴致正浓的蜻蜓说，"吃掉你，让我来吃掉你这蜻蜓罢！"

但是这并不十分使得蜻蜓为难，因为癞蛤蟆讨厌虽然很讨厌，却并没有翼翅膀，只要不飞近它去，它是奈何渠们不得的。使得他为难的，却是张在水杨和夹竹桃之间的蜘蛛网。因为，已经说过，蜻蜓徘徊池中的主因，就是为着草地上底蝴蝶，就是，徘徊的目的是想和蝴蝶去接近，有着这蜘蛛网，他不能直向草地飞去了。他一见着那可爱的蝴蝶，总也就见着这可怕的网了。这网底一端附着在水杨底横着的枝子，另一端附着在夹竹桃底叶上面，还有一端附着在生在池旁的蒲公英底花托，被风吹着的时候，只是凸一凸肚子，使得所附着的枝叶颤抖一下，很是牢不可破的样子。因此，蜻蜓觉得蝴蝶虽然万分可爱，她却好像是在盛大的荆棘丛中，也像是在凶猛的虎口中的了。

或者以为荷花池和草地之间并非一张蜘蛛网所能阻住，必还另有路可通行，否则癞蛤蟆怎能忽在池中出现，忽又在草地上出现了呢？可是蜻蜓和癞蛤蟆，形态固然不同，性情也很不一样。癞蛤蟆底形体虽然比蜻蜓底大，可是它只要有着它底尖尖的头过去的缝子，就能做扁身子钻过去了。蜻蜓不行，他飞行必得展开着四翅，而且他不愿偷偷地爬什么缝子，更其是为着爱者，他以为示爱的行为必须光明正大，勇敢热烈，决不能是鬼鬼祟祟的。

他也明白，他底翅子是受不起蜘蛛网底打击的，但他觉得他底爱火为着他底爱者蝴蝶姑娘猛烈地燃烧，有着强大的热力，以为无须顾忌什么障碍，尽可勇往直前。他又以为如果冲不破这道蜘蛛网，也就是没有资格去爱那可爱的蝴蝶姑娘的了。

这时太阳已只留下余光，池水反映着五彩的晚霞，显得很是沉静，紧贴在墙上的绿莹莹的蔷薇底枝叶，已有点暗沉沉辨不明叶子底轮廓了。蝴蝶姑娘绕着攀附在一丈红的牵牛花缓缓地飞舞，很是安闲很从容地在那里欣赏晚景，蜻蜓知道她不久就要归她底窠去，天一黑就将看不见她，以为如不趁着这时向她有所表示，难免交臂失之了。于是他就下了决心，赶紧向着草地底反对方向飞去，一直飞到边上，他才旋转身来，用着

全力鼓动翅子,直向蝴蝶姑娘底一边飞去。可是到了水杨和夹竹桃筑成的界线上,嗤的一声,他底头和两只前翅已被蜘蛛网黏住。他并不惊慌,也丝毫没有退却的心思,只是一心想用他底最后的力来冲破这网,终于达到亲近蝴蝶姑娘的目的;于是尽力挣扎,可是结果只是脚和两只后翅也被蜘蛛网紧紧地黏住了。虽然这网已有一大部分被他冲破了,但他依然不能脱身,他底身上已经缠满了网丝,而且已经疲倦得乏了力,而且癞蛤蟆也已一摇一摆地爬到了他底身下,掀着长舌头高兴地说:"吃掉你,让我来吃掉这蜻蜓罢!"

他想呼救,但她觉得呼救也是无益的,只是表示了弱态罢了。他仍然镇定着静默。

忽然空中吹过一阵微风,所有的一丈红和攀附着的牵牛花都跟着点了点头;荷花、荷叶和莲房也都摇摆了一下,水杨和夹竹桃底枝叶也都跟着飘动,只是水杨摆荡得厉害点,夹竹桃摆荡得轻微点,蒲公英等小草也都弯了弯腰,似乎都在代替蜻蜓叹惜。蜻蜓自己也因为受了蜘蛛网被风激动的影响,不禁打了个寒战,也就感到一阵凄凉。然而,他并不认为这是苦痛的,他却以为这是甜蜜的,因为他觉得蝴蝶姑娘就将为他表同情,就将向他飞来,用着她底温柔的手解除缠着他的网丝了。他又以为就是终于摆不脱这网丝,终于只得在这缠绕的网丝中死去,临终有着她底温柔的手抚摩,这已够幸福,足以安慰,也是足以自傲的了。

1928年6月

炎夏小记

◎许杰

一、小引

天气热,热得要命。房间里,是火炉:椅子,烫的;床上,烫的;墙壁、门、什么地方,都是烫的;没有地方可以安身,没有地方可以钻;在这小楼上,真是要命。

生活,算是有闲的。本来,就应该到什么地方去消夏;但是,钱没有办法,只能躲在这小楼上。

每天早上,起来就热,而昨晚上的热气还没有退,昨晚上因为热而不能熟睡的疲倦还没有弥补。从早上热起,一直要经过正午,太阳在屋背上烤烧,经过整个的下午,太阳的光从别人的瓦背上、对面的白墙壁上,强烈地反射过来,终于到了三四点钟时候,整个地射入了我的房间。这样,一直到了太阳落山。可是,太阳落山了,也不凉快,也是热闷。晚上,仍旧是热闷,热得流汗,如同在烤烧,仍旧睡不着。第二天,还是如此。有时虽然也有风,但风是火风,风是跟着太阳来的,太阳去了,风也是去了的。

真是热得没有办法啊!

在这种天日中,我以流汗过生活;我在流汗中打苍蝇,喂

叫哥哥,涎蚂蚁,捉蜘蛛。我觉得,除了这些事情,便没有什么事可做似的。好在当今天下注意苍蝇,我这样地在借着它们消磨时日,也是可以宽恕的吧!

二、打苍蝇

苍蝇,我的房里多的是红头苍蝇。这苍蝇,比较另外的苍蝇更加神气,来的时候,总是兜着大圈子,大声地嗡嗡然,很有些绅士的风度。它的外表也很漂亮,我在做小孩的时候,就知道"头戴红缨帽,身穿绿绸袍"的,便是指的这位先生。

可是,它的外表虽然这样漂亮,神气虽然这样十足,它的肚子里,却装满了一肚子的大粪。所以,对于这一种苍蝇,如果说要我在这渺小的苍蝇身上,发现一些什么宇宙的大道理的话说,我便觉得,这种苍蝇,是那些态度悠然的臭名士的最好的象征。

我买了一个苍蝇拍,我前前后后地寻这种苍蝇打。

我觉得,打苍蝇也需要一种技巧,是一种艺术。你打得太轻了,打它不死;打得太重了,又会打出满肚子的矢来。至于有时打它不中,或者这个苍蝇感觉特别的灵敏,在没有打下去时,它便跑了,让它在空中嗡嗡然,如臭名士地踱起方步,摇起大纸扇来时的情形,还在其次。

但是,虽然是这么说,我的打苍蝇却也不喜欢中庸之道,打得一个恰到好处。因为一下把它打死,又不把它打出矢来,这毕竟是一件毫无余味的事情。所以,我的打苍蝇,总喜欢在它的头上,轻轻地一击,打得它发昏,猝然跌在地上,等了一下,它好像顿时新鲜起来,用背着地,嗡嗡然在地上旋转。这种旋转,我是最喜欢看的。可是,这也要碰得巧,如果打它落地上时,并不是六脚朝天地躺在那里,那怪样子,也就不容易看得到的。

此外,在有些地方,有些时候,这打苍蝇的工作,也是颇费斟酌的。譬如,在吃饭的时候,它忽然飞到饭菜上面来了,在小孩子们睡觉的时候,它忽然飞到他们的面上来了,在这种时候,便是苍蝇拍子,握在我的手中,除了轻轻地把它赶走,也是没有什么别的办法的。

在晚上,这苍蝇,有时也要出现的;但是,这种出现,却使我觉得很大的讨厌。我晓得,在这个时候出现的苍蝇,它是与另外的一些小虫一样,是有些渴慕光明,追求光明的思想的。这在苍蝇本身,或者自己也以为在晚上出现,总比在白天出现要高洁得许多,因为在白天出现,总有些物质的意味,在那里趋香逐臭;但在晚上出现,却更加是风流倜傥,清高自赏的了。大概,也便是因为这个缘故吧,所以,我对于在晚上出现,在灯下转圈子的苍蝇,是更加讨厌,非即刻抛了书,或是另外的什么,起来打死它不可的。

打晚上的苍蝇,比较的不容易打;因为它总是在前前后后地转圈了,偶然停下来的时候,也总是停在电灯罩子的里面,或电灯泡子的上面居多,打起来也不大容易。所以,这是很使人发急,又使人发气的事。不过,在这个时候,我总无论如何要打死它,除非它自己飞了出去。

对于苍蝇,我近来也发现了它有个战术;这战术,也使我有些难于应付之慨。要是一个不当心,它好像会笑我的拙笨似的。

这战术,好像近来的苍蝇都学会了的样子;这也是使我发

气,使我伤心的事。

　　有时,苍蝇们也会开我的玩笑,它当我没有拿着苍蝇拍子的时候,站到我的手上来拈它的胡子;更在有些时候,它会突然地飞来,停在我的苍蝇拍上。你看,这玩笑开得多么厉害,这战术多么高明!

　　当它觉得自己在被袭击的时候,它便摇身一变,飞到了你的阵线里面,使你无可如何它;这是何等高明的战术呵!

　　对于这种战术,开始,我的确觉得没有办法;但是,现在,我可也有了办法了。我的办法,就是先摇一摇苍蝇拍子,坚壁清野之后,把它赶出自己的阵线,再来想法子突击它。这法子,我现在也用得有点相当的成效了。

三、喂叫哥哥

　　因为小孩子们喜欢玩,我们家里,也买了两个叫哥哥。

　　叫哥哥,有些像蚱蜢,也有些像蝗虫;叫起来的声音,有些像知了,也有些像纺织娘。

　　这里的叫哥哥,也有些和上海的金铃子一样,是由乡下人捉来,把它装在笼子里,拿到城里来卖的。

　　叫哥哥的笼子,是芦梗做的;用六角的小眼,组成了六角的扁圆形的东西。没有门,叫哥哥是放进去了以后才织好,织好以后,是除非死了,永也不得出来的。

　　可是,它们的身体虽然关在笼子里,永不得出来,它们虽然被我用十个铜板,收买了下来;但它们仍旧也不觉得什么,只是如同乐天派的诗人一般,此唱彼和,无日无夜地在唱歌。

　　我不懂得叫哥哥为什么要唱歌,为恋爱,还是为生活?是灵的,还是肉的?是快乐的欢呼,生之喜悦;还是苦痛的呼号,被幽囚的烦恼?我不晓得它们为什么要唱歌,这恐怕正如诗人们要为吟诗而吟诗的一样吧!

是的,叫哥哥也是清高的诗人!它们的肉体,虽然被幽囚在这种人为的笼子里面,但它们的精神,恐怕是飞翔在自由的王国里面,在歌咏闲适,歌咏田园,歌咏不食人间烟火的天上的神仙吧!

可不是吗,我们人间也有一些诗人们,不是连牢笼他的现实社会,都没有看到,没有觉到,而且还不承认他的"自由的灵魂",会被现实的社会所决定着的吗?

叫哥哥真是这些诗人们的好榜样呵!

当然,我们买了叫哥哥,是要供给它生活费的。这样,我们家里的人们,小孩子、娘姨、我的女人、我,便与这两个叫哥哥,组织成了一个社会的关系;——我们供给它以生活上必需的资料,它们为我们奏乐、唱歌、吟诗,鼓吹我们家庭的静穆,催眠我们的小孩子们的午睡。

开首,因为它们是我们家庭的上宾,大家都注意着它。娘姨买菜回来时,有它的份儿;小孩子们吃莲蓬时,有它的份儿;吃西瓜,有它的份儿;绿豆汤,也有它的份儿。这时的叫哥哥,我们只愁它不吃,是什么东西都要送给它们吃的。

这时,我也在打苍蝇,因此,我也把打死的苍蝇,喂给它们。大概,这苍蝇的滋味,要比另外的素菜好些,它们特别的吃得起劲。苍蝇,有的是。它们既然喜欢,我自然是会把打得的苍蝇,都送到它的笼子里去的。

可是,这样一来,它们便养成了肉食的习惯,那些白菜冬瓜之类,它们是不高兴吃了。

不幸得很,我们一家人,在热心于叫哥哥的生活之后,过了半个多月的时光,竟然有两三天忘记了这两位诗人的生活。

叫哥哥,也是自然的一员,它们当然懂得一些自然哲学的;再加上多时的吃苍蝇的经验,它们总也晓得吃肉是比吃另外的东西好些。

有一天,我们忽然想起叫哥哥来,想起已经有几天没有招呼它们的生活了,便赶紧去把它们找了出来。

"呵,人吃人,叫哥哥吃叫哥哥!"我看见笼子里的叫哥哥,这一个捧住那一个在吃,那个被吃的,已经不能动弹,背上也已经被吃了一个大洞,于是我喊了起来。那被吃的一个,可还没有死定,肚子还在呼吸。这肚子,外面虽是在紫色的底上,印着嫩绿色的条纹;可是,它的里面,却如烂泥一般,一肚子黑色的脏矢。至于这一个,它有时还在得意地唱着歌。它那吃得饱饱的大肚皮,画着石斑鱼一般的花纹,好像仍旧在表示它的无关心,表示着它的满腹文章似的。

一个人的生命,是可以用另外人的生命来代替的,我想着:这大概便是自然哲学吧!

可是,在叫哥哥,恐怕没有想起这些吧!它吃了另外的一个叫哥哥,它总以为是应当吃的;而吃了另外的一个叫哥哥之后,自己在唱歌的时候,再也没有人和它,也不会觉到一些寂寞的吧!

四、捉蜘蛛

蜘蛛,这里的蜘蛛特别多,也特别的讨厌。我们的这个小楼上,如果有几天不打,让它自然地繁殖起来,让它尽量地布上蜘蛛网,我想,不要几天,就会变成了一个蜘蛛的世界。

对于蜘蛛,我一向是不大喜欢的;虽然在做小孩子的时候,也曾经喜欢过蜘蛛网,可是,在现在,我非但连蜘蛛网都不大喜欢,而且有些讨厌它了。

因为是蜘蛛多,又因为讨厌蜘蛛,所以,我对于蜘蛛,是不很客气的。当我看到一个蜘蛛,神气十足地站在它的网的中央。而用自己的网,撒布在屋角、窗口,或是随便什么地方,在它认为这是一个从黑暗趋向光明的当口,是捕捉那些可怜的昆虫们的最适当的所在,安闲地在等待着那些为了生活、为了一点光明而在到处奔波着的小虫们的落网的时候,我便要用棒去挑破它的网,把它捉到地上来,一脚踏死了它,才觉得快意。

可是,我虽然时时刻刻在打,但仍旧打它不完。打它不完,又有什么法子;难道让它把蜘蛛丝网住整个的屋子,网住所有的东西,甚至于网住了自己不成? 还有什么法子呢? 打,总还是要不断地打。

这种蜘蛛之所以打不完的原因,我也是晓得的。这屋子,根本便是一所旧屋子,旧屋子,是最适宜于繁殖蜘蛛的,这是一;同时,旧屋子,也早就有了蜘蛛的种子,这是二。你看,一种东西,既然有了它的种子,又有了它的最适于繁殖的环境,这还有什么方法可以消灭它呢? 难道真的为了要消灭蜘蛛,连这屋子都要烧掉不成?

蜘蛛的种类,据我的观察,也有许多种。譬如,在屋角、檐头、窗口,或是随便的任何地方,结网营生的,是一种。在壁上、在天花板的下面,做着一个如同铜板一般大小的白色的窠,而自己的身体,却也扁得如同一个铜板一样,有时钻在窠

的里面,有时又在窠的外面等着一些可怜的小虫的,又是一种。此外,也有两种蜘蛛,专门在墙壁的角上,依着两座墙壁的交接所造成的角,在那里布着一些蛛丝,等着昆虫入网,以维持生活的。不过,这里的两种,如果细细地辨认起来,它们也有些不同。这种不同的情形,从它的网上,或是从它的身体上,都可以看得出来。那便是,有一种,身体,以及它的八只脚,都有些红色的;而另一种,却带有些白色的。红色的一种,它的网,做得很零乱,它只是把一根丝一根丝交错起来成为一种"刺蓬"的形状的。至于白色的一种呢,它的网,却有些像绵绸一样,只是厚厚的织得如同一张乳白色的绵纸一般。

这几种蜘蛛,这里都是有的。至于有一种身上有黑白的斑节花纹,与金红色的闪光的大蜘蛛,在我们家乡,往往可以在"冷坑粪池"或是"仰天茅坑"上面看到的,在这里却是没有。

这里的蜘蛛,虽然有这么几种,但是,最讨厌,而最能代表蜘蛛的特性的,当然是结网的蜘蛛了。

这种结网的蜘蛛,最大的,可以大如一粒板栗;最细的,却细得如同一粒粟米。其余,在这中间的,从绿豆那么大起,直到蚕豆那么大为止,几乎无所不有。

板栗一般大小的大蜘蛛,在白天里,颇为韬晦,不大露面;因此,我们虽然能够看见的它的直径总有一尺几寸的大网,虽然可以用长长的竹竿,挑破了它的在很高的很机要的地方挂着的大网,但对于它的本身,却不容易损伤到一些什么的。

至于那细得如粟米一般的蜘蛛呢,那是因为它的身体太细了,几乎使人看不见,同时,它又不一定要做网,就是做起网来,它的网的地位,也是一些不容易引人注意的地方:因此,细蜘蛛,也是不容易捉的。

大蜘蛛捉不到,细蜘蛛又容易漏网,因此,我所捉到的,我所踏死的,都是一些中等的蜘蛛。

我的捉蜘蛛的工具,只是一根长竹竿。长竹竿,并不是一种很好的工具,但是,我却运用得很纯熟。

用长竹竿捉蜘蛛,也须得熟练才行;要是你没有捉过,虽然蜘蛛网会被你挑破,但是,弄得不好,蜘蛛是包你会逃掉的。等到蜘蛛逃掉之后,你再想捉它,这是颇不容易的事。除非等它重新出来做网。

我的捉蜘蛛,似乎有了一些经验。譬如,当我的长竹竿去挑破它的网时,第一,要把它的去路先行截破,不要让它逃回它的老窠里去;第二,又不要突然地打着它的身体,使它用舍身的办法,跌到地下去;第三,你要好好地把蜘蛛与蜘蛛网,同时卷上你的竿头,这时,你才算捉到了蜘蛛。可是,这个时候,你还得当心你的竹竿的剧烈的震动,或是出其不意地随便在什么地方一碰。因为这些情形,都会使蜘蛛受了震惊,突然地下堕逃逸的。

真的,因为这样的下堕,在我的手中,逃出了生命的蜘蛛,可也不在少数!每当碰着这种情形的时候,我的心中就好像发现了一件什么真理似的,这样地自己在问着,难道堕落,真是一种保全生命的方法吗?

在有些时候,在这种情形之下,因为这蜘蛛的堕落得没有彻底,竟然送了生命,也是有的。

譬如,有一次,有一个大蜘蛛已经被我挑到了竿头了。可是,因为竿子太长,不晓得在什么地方一碰,好,这蜘蛛便突然间缩起它的脚爪,把身体缩成一团,让自己在空中跌了下去。但是,跌到半空,它又把自己的屁股夹住,用蛛丝把自身挂在

空中,在那里静待动静。这个时候,我也只好用了一点权术,握住竹竿不动。好,等了一下,它以为已经风平浪静了,又用脚爪轮流地把蛛丝勾起,积在自己的脚下;同时,它的身体,又很快地攀援上来了。等到这蜘蛛爬上了竹竿后,我便把竹竿横入我的走廊;接着,我又从它那里得到一些教训,反是和它开起玩笑来。

我把竹竿用力地震动着,这蜘蛛便从竹竿上跌下,我等着它从半空中爬上,到了相当的地方,我又把它从半空中打落。这个样子,它肚中的蛛丝,几乎抽得没有了。于是,我便一脚踏死了它。

我这种对于蜘蛛所开的玩笑,或者也可说是残忍;但是,我想一想蜘蛛的讨厌,想一想在这个社会上,也有人在对于同类也采取这种方法时,我的心里,倒觉得如同出了一口歪气似的。

我是几乎每日在这样地打着蜘蛛的。

螟蛉虫

◎周建人

夏天的早晨,太阳光从窗口射进来,照得房间里面很亮,窗门口常常看到小虫豸。有一种小蜂子,特别引动我的注意。它比做倒挂莲蓬形的窠之抛脚黄蜂,又称九里蛤的,要小些,颜色是黑的,也不像九里蛤的呈黄色。但腰也很细,肚皮尖端也是尖尖的,它常常飞到窗门口的太阳光下面,停在窗门框上,动着它的肚皮,好像在想些什么或计划什么似的。

那时候我年纪还很小,因为夏天起床很早,早饭前须先吃些点心。有一天向窗前的桌子上拿糕时,又看见那种使人注意的小蜂子。祖母脱口说出来,"螟蛉虫,又来了。"我于是知道它叫螟蛉虫,这名字,我一听到就永远不会忘记它。

以后,我常常遇见螟蛉虫,有时候它在种荸荠的小缸的边上走。走过去,又回转来,好像在找寻些什么。有时候同样的在荷花缸边上徘徊。我的故乡的住屋,窗门外面有明堂,种些荷花及别的花草及小树,荸荠虽然不会开美丽的花,可是它的碧绿的像筷子粗的干子,一丛生出来,像茂密的竹林,很好看的,不过竹有枝条,它没有枝。这细长的,空管子似的干子里面有密密的横隔,如果用手指把它捻扁,便发出清脆的唧唧的声音,荷花是许多人家爱栽种的花卉,它的圆形的大叶,上面

生着蜡质的毛丛,遇水不会濡湿的。水滴在叶上滚来滚去像"走盘珠"。花大而好看,有清香。它的大叶与有清香的花早上舒展开来,使人见了觉得清凉。

螟蛉虫不但在荸荠缸边或荷花缸边行走,有时候头朝着缸里的烂泥注意地看,或者用嘴去咬。一会儿,它去了,但不久又回转来,再来到缸边行走,好像在寻找些什么东西。它找寻些什么呢?不是咬烂泥吗?因为缸边常有烂泥露出水上的。

不久,我在明堂里朝南的窗格上看见了许多约莫榛子大的泥房,下端放在窗格的木条上,当然是平的,上面呈圆形。仔细看时,可以看出由一粒粒的小泥粒堆成的。螟蛉虫嘴里把泥土含去,拌和唾液,去造成这种养儿子的小圆房。

螟蛉虫不但早上有得看见;傍晚也有遇到。夏天的时候,一家人常在明堂即天井里吃晚饭的。天还没有暗,但太阳已没有了,排好桌子与椅子,预备吃饭时,屋檐旁边的蜘蛛也出来赶忙修网了。修好网,准备捉生物吃。它修好网,或者还未修好,螟蛉虫也来了。它这时候不到荷花缸边去行走,却飞往蜘蛛网边去冲撞。一撞,二撞,或者接连三四地撞上去。当初我疑心螟蛉虫不看见网,错撞上去的。但几次以后,我觉得它是有计划的冲撞了。蝴蝶、蜜蜂等是常常撞到蜘蛛的网上去的,它们真是由于错误,不是有意的。它们一撞之后,常被丝粘住。用力挣扎企图逃走时,蜘蛛便赶过去,急忙放出丝来,用脚向落了陷阱的牺牲者的身上缚过去。如果被捕的是蝴蝶,它便站在近旁接连地缚;如果是蜜蜂,它急忙用丝缚几转便逃开,稍息又去缚几转,又逃开,好像知道它是劲敌,有针刺,可怕的。等到脚及翅膀等都已缚住,无法施展力时,它才敢站在近旁,再用丝密密地绑缚它的全身。

现在螟蛉虫朝着网去撞,分明不是出于错误,却是有意的,它往来其间从来不会被丝粘住。它如果撞一下,不见蜘蛛赶开去,就打一个小圈子,再撞上去。蜘蛛不赶开去倒也罢了,如果赶去捕捉它,那就上当了。螟蛉虫不知怎么一来,蜘蛛措手不及,反被捉了去。一落在螟蛉虫的手里,便无法脱逃,被拿去封在泥房里,给它的儿子做食粮。你如果拆开窗格上的泥房来看,常常封着大小恰好的蜘蛛。它不会动弹,但是活的。你如果翻查讲昆虫的书籍来看,它会告诉你:那蜘蛛已被螟蛉虫用肚皮末端的针刺过,已经昏迷过去,但没有死去,所以藏在泥房里无害于它的卵,也不会腐烂的。我们把食物用盐腌了来保藏,晒干了来保藏,用蜜渍了来保藏,用冰冰了来保藏,做了罐头来保藏,螟蛉虫却用麻药麻醉了来保藏。这种保存方法真合用,它失了知觉,不会害它的幼子的,但没有死去,味道仍然新鲜,很好吃。你如果拆开泥房的时候已迟了,那么蜘蛛已没有了,却卧着一个带淡黄色的、身子弯曲的、一动也不动的蜂蛹。它就是将来变成螟蛉虫的前些时期蛹子,再过些时,就蜕壳变成螟蛉虫,钻通泥房跑出去。去看得再迟些时,泥房已有孔,里面只剩一些蜕下的皮壳之类,别的东西都不见了。

但螟蛉虫的泥房不是一定造在窗格子上的,因为种类有些不同,环境有些不同,也会造在别的地方,封在房里的活食粮也常常不相同。有一回我从一条树枝上拆开一个泥房来看,里面关的不是蜘蛛,却是几条尺蠖。而且很活泼的,不像麻醉的样子。莫非因为尺蠖不吃荤腥的东西,不会害螟蛉虫

的儿子,所以用不着麻醉吗?

因为螟蛉虫种类不同,搜集给儿子吃的食粮的确常常不同的。有一回我看见一个螟蛉虫在拖一个紫油油的大蟑螂。螟蛉虫咬住它的一根长须,向后退走。起初蟑螂很有力气,螟蛉虫不特牵它不动,有时反被蟑螂牵动。但经过一个挣扎的时候,蟑螂渐渐颓唐了,力气渐渐没有了,好像有些脚软身麻,渐渐地听它牵走。

有一回我看见一个螟蛉虫拖一只较小形的八脚。八脚是蜘蛛类的动物,但不结网,比嬉子还要高大,脚粗长,体隆起。螟蛉虫咬住它的一脚,两方像拉绳的用力拉,当初螟蛉虫常被八脚拉过去。螟蛉虫用力支撑住,不让它拉去过多的路。稍息又拼命拉过来。经过一个挣扎时期以后,八脚气力渐渐不支,脚渐渐弯曲。莫非疲倦了吗?形状不像疲倦,简直像生病。也许已被螟蛉虫的针刺过了,现在毒发,遂不能够支持了。捕捉较大的动物之螟蛉虫身体也大些,可知它的儿子的食量也大些,所以食粮要贮藏得多些的。

好几年后,我看看古书,说有蜾蠃,腰细,常常捕捉小青蛉,名叫螟蛉的,封在房里,若干日后,变为她的女儿。这话当然不对的,别的虫捉来在自己造的房里,怎样能够变成像自己的虫呢?这话的不对,清朝嘉庆年间有一个学者,叫做郝懿行的已经观察过,他拆开蜾蠃的泥房来看,看出蜾蠃自己生有卵子,捉去的小青虫是给它吃的。他注的《尔雅义疏》里,这件事情说得很清楚,并且说古人说小青虫会变蜾蠃是因为古人观察得不精细,还要无凭无据地推测而来的。郝懿行真是一个细心的观察家。

讲到这里,我还有一句话要说明白,便是古时候本叫那小蜂子为蜾蠃,树上的小青虫为螟蛉的,现在却多叫蜾蠃为螟蛉虫了。我听到别人也都叫它螟蛉虫,可见它已成了普通名称。又有些地方还称领子为螟蛉子,可见还没有忘记普通传述的"螟蛉子,蜾蠃负之"的意思。在科学上是完全不对的,不过也还觉得好玩与有"诗意"。

萤火虫

◎ 贾祖璋

满天的繁星在树梢头辉耀着;黑暗中,四周都是黑魆魆的树影;只有东面的一池水,在微风中把天上的星,皱作一缕缕的银波,反映出一些光辉来。池边几丛的芦苇和一片稻田,也是黑魆魆的;但芦苇在风中摇曳的姿态,却隐约可以辨认,这芦苇底下和田边的草丛,是萤火虫的发祥地。它们一个个从草丛中起来,是忽明忽暗的一点点的白光,好似天上的繁星,一个个在那里移动。最有趣的是这些白光虽然乱窜,但也有一些追逐的形迹:有时一个飞在前面,亮了起来,另一个就会向它一直赶去,但前面一个忽然隐没了,或者飞到水面上,与水中的星光混杂了;或者飞入芦苇或稻田里,给那枝叶遮住,于是追逐者失了目标,就迟疑地转换方向飞去。有时反给别个萤火虫作为追逐的目标了。而且这样的追逐往往不止一对,所以水面上,稻田上,一明一暗,一上一下的闪闪的白光与天上的星光同样的繁多;尤其是在水面的,映着皱起的银波,那情景是很有趣的。

这是幼年时暑假期中在乡间纳凉时所见的情景。当时与弟妹等一边听着在烈日中辛苦了一日才得这片刻安闲休息的邻舍们的谈笑,一边向萤火虫唱着质朴的儿歌:

萤火虫,

夜夜红：

飞到天上捉蚜虫，

飞到地上捉绿葱。

在这样的歌声中，偶然有几个飞到身边，赶忙用芭蕉扇去拍，有时竟会把它拍在地上，有时它突然一暗，就飞到扇子所能拍到的范围以外去了，这时就是追了上去，也往往是不能再拍着的。被拍在地上的，它把光隐了，也着实难以寻觅；或又悄悄地飞起，才再现它的光芒，也往往给它逃去。被捉住的最初是用它来赌胜负，就是放在地上，用脚一拖。在地上划起一条发光的线，比较那个人划得长，就作为胜利。不消说，这是一种残酷的行为，真所谓"以生命为儿戏"的了。后来那些幸运的个体不会这样被牺牲，它们被闭入日间预备好的鸭蛋壳里，让它们一闪一闪，作为小灯笼。就睡时就携到枕边，颇有爱玩不忍释手的样子。但大人们以为萤火虫假如有机会钻入人的耳内，就会进去吃脑子，所以又往往被禁止携入房间里的。

萤火虫是怎样产生的，乡间没有谈起；但古书上却说它是腐草所化成的。去年那号称中国第一家的老牌杂志，竟发表过罗广庭博士的生物化生说，所以腐草化萤，大概是可靠的。但罗博士经广东方面几位大学教授要求严密实验以后，一直到现在还未曾有过下文，至少那家老牌杂志，没有再把他的实验发表过，大抵罗博士已被他们戳穿西洋镜了；那么腐草为萤的传说也就有重行估定价值的必要。

原来萤有许多种数，全世界所产能够发光的萤有两千种，形态相像而不能发光的也有两千种。我们这里最常见的一种是身体黄色，而翅膀的光端有些黑色的。它们也有雌雄，结婚

以后，雄的以为责任已尽，随即死去；雌萤在水边的杂草根际产生微细的球形黄白色卵三四百粒，也随即死去。这卵也能发一些微光，经过廿七八天，就孵化为幼虫，幼虫的身体有十三个环节，长纺锤形，略扁平；头和尾是黑色的，体节的两旁也有黑点。尾端有一个能够吸附他物的附属器，可代足用。尾端稍前方的身体两侧还有一个特殊的发光器官，也能放青色的光。日中隐伏于泥土下，夜间出来觅食。它能吃一种做人类肺蛭中间宿主的螺类，所以有相当的益处。下一年的春天，长大成熟，在地下掘一个小洞，脱了皮化蛹。蛹淡黄色，夜间也能发光。到夏天就化作能够飞行的成虫。看了这一个简单的生活史，腐草为萤的传说，可以不攻自破了。

最令人感兴趣的萤火，是从那里来的呢？在科学上的研究，以前有人以为是某种发光性细菌与萤火虫共栖的缘故，但近来经过详细的研究，确定并没有细菌的形迹可寻，还是说它是一种化学作用来得妥当。这种发光器的构造，随萤的种类和发育的时代而不同。幼虫和蛹大抵相似；在成虫普通位于尾端的腹面，表面是一层淡黄色透明质硬的薄膜，下面排列着多数整齐的细胞，形成扁平的光盘，细胞里有多数黄色细粒。叫做"萤火体"（Luciferase），遇着氧气就起化学作用而发光。这些细胞的周围又满布毛细管，毛细管连接气管能送入空气，使萤光体可以接触氧气。又分布着许多神经，能随意调节空气的输送，所以现出忽明忽暗的样子。与发光细胞相对的还有一层含有多数蚁酸盐或尿酸盐的小结晶的细胞，呈乳白色，好似一面镜子，能够把光反射到外方。

萤光不含赤外线（热线）和紫外线（化学线），所以只有光而没有热，是一种理想的照明用的光。但现在的人类还不能明白这些萤光体的内容;既不能直接利用它,也不能仿照它的化学成分来制出一种人造的萤光。人类所能利用的,在历史上有晋代的车胤,把它盛在袋里,以代烛火读书。在外国,墨西哥地方出产一种巨大的萤火虫,胸部有两个大发光器,放绿色的光;腹部下面也有一个发光器,放橙黄色的光;两色相映,极为美丽,妇人把它簪在发间,作为夜舞时的装饰品。还有,就是作为玩耍而已。至于在萤火虫的自身,藉此可以引诱异性,又可以威吓敌害,对于它的生活上是很有意义的。

在电灯、煤气灯和霓虹灯交互辉煌的上海,是没有机会遇到萤火虫的。故乡的萤火虫更是一年,二年,几乎十年没有见过了,最近家中来信说:三月没有雨,田里的稻都已枯死,桑树也有许多枯萎了。那么往时所见的一池水,当然已经干涸,一片稻田,看去一定像一片焦土,那黑魆魆的树影,也必定很稀疏了。我那辛苦工作的邻舍们已经无工可做,他们可以作长期的休息了,但是在纳凉的时候,在他们的谈话中,未知还能闻到多少笑声。

因了萤火虫我记着了遭遇旱灾的故乡了。祝福我辛苦的邻人们,应该有一条生路可走。

夏虫之什

◎缪崇群

楔子

在这个火药弥天的伟大时代里,偶检破箧,忽然得到这篇旧作;稿纸已经黯黄,没头没尾,不知从何说起,也不知到何处为止,摩挲良久,颇有啼笑皆非之感。记得往年为宇宙之大和苍蝇之微的问题,曾经很热闹地讨论过一阵,不过早已事过境迁,现在提起来未免"夏虫语冰",有点不识时务了。好在当今正是炎炎的夏日,对于俯拾即是的各种各样的虫子,爬的飞的叫的,都是夏之"时者",就乐得在夏言夏,应应景物。即或有人说近乎赶集的味道,那好,也还是在赶呀。只是,童子雕虫篆刻,壮夫所不为罢了。

添上这么一个楔子,以下照抄。恐怕说不清道不明,就在每节后边添个名儿,庶免人牵强附会当做谜猜,或怪作者影射是非云尔。

一

在小学和中学时代读过的博物科——后来改作自然和生

物科了,我所得到的关于这方面的知识似乎太少了。也许因为人大起来了,对于这些知识反倒忘记,这里能写得出的一些虫子,好像还是在以前课本上所看到的一些图画,不然就是亲自和他们有过交涉的。

最不能磨灭的印象是我在小学修身或国文课里所读过的一篇文章。大意说,有一个孩子,居然在大庭广众之前,他辩证了人的存在是吃万物,还是蚊子的存在为着吃人的这个惊人的问题。从幼小的时候到成年,到今日,我不大看得起人果真是万物之灵的道理,和我从来也并不敢小视蚊虫的观念,大约都受了它的影响。

偶翻线装书,才知道我少小时候所读的那一课,是出于列子的《说符篇》。为着我谈虫有护符起见,就附带把它抄出:

齐田氏祖于庭,食客千人,坐中有献鱼雁者,田氏视之,乃叹曰:

"天之于民厚矣!殖五谷,生鱼鸟以为之用。"

众客和之如响。鲍氏之子年十二,预于次,进曰:

"不如君言。天地万物与我并生,类也。类无贵贱,徒以小大智力而相制,迭相食;非相为而生之。人取可食者而食之,岂天本为人生之?且蚊蚋噆肤,虎狼食肉,非天本为蚊蚋生人,虎狼生肉者哉!"(《人虫氾论》)

二

红头大眼,披着金光闪灿的斗篷,里面衬一件苍点或浓绿的贴身袄,装束得颇有些类似武侠好汉,但是细细看他的模样,却多少带着些乡婆村姑气。

也算是一种证实的集团的动物了,除了我们不能理解的他们的呼声和高调之外,每个举止风度,都不失之为一个仪表堂堂的人物。

趋炎走势,视膻臭若家常便饭的本领,我们人类在他们之前将有愧色。向着光明的地方百折不回,硬碰头颅而无任何顾虑的这种精神,我们固然不及;至如一唱百和,飘然而来,飘然而去的态度,我们也将瞠乎其后的。

兢兢业业地,我从来不曾看见他们合过一次眼,无时无刻不在摩拳擦掌地想励精图治的样子,偶然虽以两臂绕颈,作出闲散的姿势,但谁可以否认那不是埋头苦干,挖空心机的意思。

遗憾的只是谁都对于他们的出身和居留地表示反感,甚至于轻蔑,漫骂,使他们永远诅咒着他们再也诅咒不尽的先天的缺陷。湮没了自身的一切,熙熙攘攘地度了一个短促的时季,死了,虽然也和人们一样地葬身于粪土之中。

人类的父母是父母,子弟是子弟,父母的父母是祖先——而他们的祖先是蛆虫,他们的后人也是蛆虫,这显然不同的原因,大约就是人类会穿衣吃饭,肚子饱了,又有遮拦,他们始终是虫,所以不管他们的祖先和后人也都是蛆了。

出身的问题,竟这样决定了每个生物的运命,我不禁惕然!

但无论如何,他总算是一员红人,炎炎时代中的一位时者,留芳乎哉!遗臭乎哉!(蝇)

三

想着他,便憧憬起一切热带的景物来。

深林大沼中度着寓公的生活,叫他是土香土色的草莽英雄也未为不可。在行一点的人们,却都说他属于一种冷血的动物。

花色斑斓的服装,配着修长苗条的身躯,真是像一个秀色可餐的女人,但偏偏有人说女人倒是像他。

这世界上多的是这样反本为末,反末为本的事,我不大算得清楚了。

且看他盘着像一条绳索,行走起来仿佛在空间描画着秀丽的峰峦,碰他高兴,就把你缠得不可开交,你精疲力竭了,他才开始胜利地昂起了头。莎乐美捧着血淋淋的人头笑了;他伸出了舌尖,火焰一般的舌尖,那热烈的吻,够你消受的!

据说他的瞳孔得天独厚,他看见什么东西都是比他渺小,所以他不怕一切地向前扑去,毫不示弱,也许正是因为人的心眼太窄小了,明明是挂在墙上的一张弓,映到杯里的影子也当作了他的化身,害得一场大病。有些人见了他,甚至于急忙把自己的屁眼也堵紧,以为无孔不入的他,会钻了进去丧了性命——其实是同归于尽——像这种过度的神经过敏症,过度的恐怖病,不是说明了人们是真的渺小吗?

幸亏他还没有生着脚,固然给画家描绘起来省了一笔事,可是一些意想不到的灵通,也就叫他无法实现了。

计谋家毕竟令人佩服,说打一打草也是对于他的一种策略。渺小的人们,应该有所憬悟了罢?

虽然,象征着中国历代帝王的那种动物,龙,也不过比他多生了几根胡须,多长了几条腿和爪子罢了。(蛇)

夏虫之什

四

不与光明争一日的短长，永远是黑夜里的游客。在月光下的池畔，也常常瞥见他的踪影，真好像一条美丽的白鱼。细鳞被微风吹翻了，散在水上，荡漾着，闪动着。从不曾看见鬼火是一种什么东西的我，就臆测着他带着那个小小灯笼是以幽灵为膏烛的。

静静地凝视着他，他把星星招引来了，他也会牵人到黑暗的角落里去。自己仿佛眩迷了，灵魂如同披了一件轻细的纱衣，恍惚地溶在黑暗里，又恍惚地在空中飘舞了一阵，等回复了意识之后，第一就想把自己找回来，再则就要把他捉住。

在孩提的时候，便受了大人的诰诫，"飞进鼻孔里会送命。"直到如今仍旧切记不忘。我以为这种教训正是"寓禁于征"的反面的作用。

和"头悬梁，锥刺股"相媲美的苦读生的故事，使这个小虫的令名，也还传留在所谓书香人家的子弟耳里。

不过，如今想来，苦读虽好，企图这一点点光亮，从这个小虫子身上打算进到富贵功名的路途，却也未免抹煞风景了。我希望还是把它当一项时代参考的资料为佳。

欣喜着这个小虫子没有绝种——会飞的，会流的星子，夏夜里常常无言地为我画下灵感的符号；漂着我的心绪，现着，却不能再度寻觅的我所向往的那些路迹。

虽没有刺目的光明，可是他已经完成了使黑暗也成为裂隙的使命了。（萤）

五

"百足之虫,死而不僵。"多半是说着他了。

首尾断置,不僵,又该怎样?这个问题我是颇有提出来讨论一下的兴致的。就算他有一百只足,或是一百对足罢,走起来也并不见得比那一条腿都没有的更快些。我想,这不僵的道理,是"并不在乎"吗?那么腿多的到底是生路也多之谓么;或者,是在观感上叫人知道他死了还有那么多摆设吗?

有着五毒之一台衔的他,其名恐怕不因足而显罢?

亏得鸡有一张嘴,便成了他的力敌,管他腿多腿少,死而不僵,或是僵而不死;管他台衔如何,有毒无毒,吃下去也并没有翘了辫子。所以我们倒不必斤斤斥责说"肉食者鄙"的话了。(蜈蚣)

六

今天开始听见他的声音,像一个阔别的友人,从远远的地方归来,虽还没有和他把晤,知道他已经立在我的门外了。也使我微微地感伤着:春天,挽留不住的春天,等到明年再会吧。

谁都厌烦他把长的日子拖着来了,他又把天气鼓噪得这么闷热。但谁曾注意过一个幼蛹,伏在地下,藏在树洞里……经过了几年,甚至于一二十年长久的蛰居的时日,才蜕生出来看见天地呢?一个小小的虫豸,他们也不能不忍负着这么沉重的一个运命的重担!

运命也并不一定是一出需要登场的戏剧哩。

鱼为了一点点饵食上了钩子,岸上的人笑了。孩子们只要拿一根长长的竿子,顶端涂些胶水,仰着头,循着声音,便将他们粘住了。他们并不贪求饵食,连孩子们都知道很难养活他们,因为他们不能受着缚束与囚笼里的日子,他们所需要的惟有空气与露水与自由。

人们常常说"自鸣"就近于得意,是一件招祸的事;但又把"不平则鸣"当做一种必然的道理。我看这个世界上顶好的还是做个哑巴,才合乎中庸之道吧?

话说回来,他之鸣,并非"得已",螳螂搏着他,也并未作声,焉知道黄雀又跟在他后面呢?这种甲被乙吃掉,甲乙又都被丙吃掉的真实场面,可惜我还没有身临其境,不过想了想虫子也并不比人们更倒霉些罢了。

有时,听见一声长长的嘶音,掠空而过,仰头望见一只鸟飞了过去,嘴里就衔着了一个他。这哀惨的声音,唤起了我的深痛的感觉。夏天并不因此而止,那些幼蛹,会从许多的地方生长起来,接踵地攀到树梢,继续地叫着,告诉我们:夏天是一个应当流汗的季候。

我很想把他叫做一个歌者,他的歌,是唱给我们流汗的劳动者的。(蝉)

七

桃色的传说,附在一个没有鳞甲的,很像小鳄鱼似的爬虫的身上,居然迄今不替,真是一件令人不可思议的事了!

守宫——我看过许多书籍,都没有找到一个真实可以显示他的妙用的证据。

所谓宫，在那里面原是住着皇帝，皇后和妃子等等的一类神圣不可侵犯的人物——男的女的主子们，守卫他们的自然是一些忠勇的所谓禁军们，然而把这样重要的使命赋与一个小虫子的身上，大约不是另有其他的缘故，就是另有其他的解释了。

凭他飞檐走壁的本领，看守宫殿，或者也能够胜任愉快。记得小时候我们常常捉弄他，把他的尾巴打断了，只要有一小截，还能在地上里里外外地转接成几个圈子，那种活动的小玩意儿，煞是好看的，至于他还有什么妙用，在当时是一点也不能领悟出来。

所谓贞操的价值，现在是远不及那些男用女用的"维他赐保命"贵重，他只好爬在墙壁上称雄而已。

关于那桃色的传说，我想女人们也不会喜欢听的，就此打住。（壁虎）

八

胖胖的房东太太，带着一脸天生的滑稽相，对我说了半天，比了半天，边说边笑着，询问我那是一种什么东西。我不大领会她的全部的意思，因为那时我对于非本国语的程度还不够，可是我感到侮辱了，侮辱使我机智——

"那个东西么？东京虫哩。"我简单地回答出她比了半天，说了半天的那个东西。

她莫奈何地嘻嘻嘻……笑了，她明明知道我知道，而我故意地却给了她一个新的名字，我偏不能因为一个小小的虫名，也便使我们的国体沾了污点。

这还是十多年以前的一件事。

后来,每当我发现了这个非血不饱的小虫时,我总会给他任何的一种极刑,普通是捏死,踩死,或是烧死。有时想尽了方法给他凌迟处死。最后我看见他流了血,在一滴血色中,我才感到报复后的喜悦与畅快!

像这样侵略不厌,吃人不够的小敌人,我敢断定他们的发祥地绝不是属于我们的国土之上的。

某国人有句谚语:"'南京虫'比丘八爷还厉害!"这么一说就可想他们国度里的所谓"皇军"真面目之一斑了。把这个其恶无比的吃血的小虫子和军人相提并论起来,武士道……一类的大名词,也就毋庸代为宣扬了。我誉之为"东京虫"者,谁曰不宜?

听说这个小虫,在一夜之间,可以四世或五世同堂(床?),繁殖的能力,着实惊人了。

可怜的这个小虫子发祥地的国度里的臣民呀!(臭虫)

九

北方人家的房屋,里面多半用纸裱糊一道。在夜晚,有时听见顶棚或墙壁上司拉司拉的声响,立刻将灯一照,便可以看见身体像一只小草鞋的虫子,翘卷着一个多节的尾巴,不慌不忙地来了。尾巴的顶端有个钩子,形象一个较大的逗号","。那就是他底自卫的武器,也是因为有了这么一个含毒的螯子,所以他的名望才扬大了起来。

人说他的腹部有黑色的点子,位置各不相同,八点的像张"人"牌,十一点的像张"虎头"……一个一个把他们集了起来,不难凑成一副骨牌——我不相信这种事,如同我不相信赌博可以赢钱一样。(倘如平时有人拿这副牌练习,那么他的赌技恐怕就不可思议了。)

有人说把他投在醋里,隔一刻儿便能化归乌有。我试验了一次,并无其事。想必有人把醋的作用夸得太过火了。或许意在叫吃醋的人须加小心,免得不知不觉中把毒物吃了下去。

还有人说,烧死他一个,不久会有千千万万个,大大小小的倾巢而出。这倒是多少有点使人警惧了。所以我也没敢轻易尝试一回,果真前个试验是灵效,我预备一大缸醋,出来一个化他一个,岂非成了一个除毒的圣手了么?

什么时候回到我那个北方的家里,在夏夜,摇着葵扇,呷一两口灌在小壶里的冰镇酸梅汤,听听棚壁上偶尔响起的司拉司拉的声音……也是一件颇使我心旷神怡的事哩。

大大方方地翘着他的尾巴沿壁而来,毫不躲闪,不是比那些武装走私的,作幕后之宾的,以及那些"洋行门面"里面却暗设着销魂馆,福寿院的;穿了西装,留着仁丹胡子,腰间却藏着红丸,吗啡,海洛因的绅士们,更光明磊落些么?

"无毒不丈夫"的丈夫,也应该把他们分出等级才对!

(蝎)

十

闹嚷嚷的成为一个市集,直等天色全黑了,他们才肯回到各自的处所去。

议会吗?联欢吗?我想不出他们究竟有什么目的和

企图。

蜘蛛,像一个穿黑色衣服的法西斯信徒,在一边觊觎着,仿佛伺隙而进。我的奋斗的警句,隐约地压倒了他们那一大群——

"多数人永不能代替一个'人',多数时常是愚蠢而又懦弱的政策的辩护人。"

像希特勒那样的"成功",还不是多半由他们给造就的吗?不看这位巨头,迄今还是一个独身者,甚至于连女色也不接近,保持着他这个"处男"的身份。

感谢世界上还有一种寒热症,轮到谁头上,谁得打摆子,那也许就是他说胡话,发抖的时候了吧。我得燃起一根线香来,我想睡一夜好觉了。(蚊)

夏天的瓶供

◎周瘦鹃

凡是爱好花木的人,总想经常有花可看,尤其是供在案头,可以朝夕坐对,而使一室之内,也增加了生气。供在案头的,当然最好是盆栽和盆景;如果条件不够,或佳品难得,那么有了瓶供,也可以过过花瘾。

对于瓶供的爱好,古已有之。如宋代诗人张道洽《瓶梅》云:

寒水一瓶春数枝,清香不减小溪时。横斜竹底无人见,莫与微云淡月知。

徐献可《书斋》云:

十日书斋九日扃,春晴何处不闲行。瓶花落尽无人管,留得残枝叶自生。

方回惜《砚中花》云:

花担移来锦绣丛,小窗瓶水浸春风。朝来不忍轻磨墨,研落香粘数点红。

这与我的情况恰恰相同,紫罗兰盦南窗下的书桌上,四时不断地供着一瓶花,瓶下恰有一方端砚,花瓣往往落在砚上,我也往往不忍磨墨,生怕玷污了它,足见惜花人的心理,是约略相同的。

　　说到夏天的瓶供,我是与盆供并重的。从园子里的细种莲花开放之后,就陆续采来供在爱莲堂中央的桌子上,如洒金、层台、大绿、粉千叶等,都是难得的名种。我轮替地用一只古铜大圆瓶、一只雍正黄瓷大胆瓶和一只紫红瓷窑变的扁方瓶来插供,以花的颜色来配瓶的颜色,务求其调和悦目。单单插了莲花还不够,更要采三片小样的莲叶来搭配着,花二朵或三朵,配上了三片叶子,插得有高有低,有直有敧,必须像画家笔下画出来的一样。倘有一朵花先谢了,剩下一只小莲蓬,仍然留在瓶里,再去采一朵半开的花来补缺,这样要连续插供到细种莲花全部开完后为止。在这一个多月的时间里,我把这一大瓶高花大叶的莲花,用树根几或红木几高供中央,总算不辜负了"爱莲堂"这块老招牌;而上面挂着的,恰又是林伯希老画师所画的一幅《爱莲图》,更觉相映成趣。

　　除了瓶供的莲花之外,还有瓶供的菖兰。菖兰的色彩是多种多样的,有白、红、淡黄、深黄、洒金、茄紫诸色;而我园有一种深紫而有绒光的,更为富丽。我也将花与瓶的颜色互相配合,互相衬托,花以三枝、五枝或七枝为规律,再插上几片叶,高低疏密,都须插得适当,看上去自有画意。有时瓶用得腻了,便改用一只明代欧瓷的长方形小型水盘,插上三五枝小样的菖兰,衬以绿叶,配上大小拳石两块,更觉幽雅入画了。

　　我爱用水盘插花,觉得比用瓶来插花,更有趣味。除了菖兰,无论大丽、月季、蜀葵等,都是夏天常见的,都可用水盘来插;不过叶子也需要,再用拳石或书带草来一衬托,那是更富于诗情画意了。爱莲堂里有一只长方形的白石大水盘,下有红木几座,落地安放着,我在盘的右边竖了一块二尺高的英石奇峰,像个独秀峰模样,盘中盛满了水,散满了碧绿的小浮萍。清早到园子里,采了大石缸中刚开放的大红色睡莲两三朵和小样的莲叶三五张,回来放在水盘里,就好像把一个小小的莲塘,搬到了屋子里来,徘徊观赏,真的是"心上莲花朵朵开"了。每天傍晚,只要把闭拢了的花朵撩起来,放在露天的浅水盆中过夜,明天早上,花依然开放,依然放到水盘里。天天这样做,可以持续三四天。

消暑清供

◎邓云乡

西瓜

元人欧阳原功《渔家傲》词,咏北京岁时风土,共十二首,每月一首,笔致极为雅隽清丽。其《六月》云:

> 六月都城偏昼永,辘轳卢动浮瓜井。海上红楼欹扇影,河朔饮,碧莲花肺槐芽渖。　绿鬓亲王初守省,乘舆去后严巡警。太液池心波万顷,闲芳景,扫宫人户捞渔艇。

所谓"浮瓜沉李",没有吃过井水,没有用过辘轳现绞冰凉的井水来浸瓜吃的人,是很难体会欧阳圭斋这首词的情趣的。北京旧时吃井水,如果家中有口好井,现绞出的井水,即使在三伏天,也不过临近冰点的三四度的温度,用来浸瓜,浸透之后,吃起来真如嚼冰咀雪,满口既凉又甜。"浮瓜井",就是把瓜扔到井里浮着,吃时再用辘轳绞上来。

北京出产好瓜,永定门外大红门一带,沙果门外,北面远郊区顺义、沙河等地,旧时都有不少好瓜地,也有不少世代为业的好瓜农。先是甜瓜、香瓜上市,后是西瓜上市。《燕京岁时记》所谓：

> 五月下旬，则甜瓜已熟，沿街吆卖。有早金坠、青皮脆、羊角蜜、哈蜜酥、倭瓜瓢、老头儿乐各种。六月初旬，西瓜已登，有三白、黑皮、黄沙瓤、红沙瓤各种。沿街切卖者如莲瓣，如驼峰，冒暑而行，随地可食，既能清暑，又可解酲。

实际还不只这些品种。如甜瓜中的"灯笼红"，西瓜中的"六道筋"，也都是很好的品种。有一年永定门外大红门一带的瓜农引进广东种、台湾种、日本种的瓜子，培育出花期早、上市早的早花西瓜，个子虽不大，但瓤中瓜子少，而且个个又甜又沙，后来成为北京西瓜中最好的品种了。

种西瓜最好是沙地，北京四郊这种地很多，瓜农们辛辛苦苦地世代经营。旧时种西瓜是很麻烦的，瓜藤要用沙土逐根压好，施肥一定要用大粪，开花时要养花，要人工授粉，一般要按瓜秧逐棵把根瓜、梢瓜留好。瓜长到一定时候，还要用稻草、麦秸编个圈垫好，到时候瓜地里要搭窝棚，住在里面日夜看瓜。有出京戏《打瓜园》，其背景就是这种瓜田、瓜农。看瓜的瓜农一早一晚，小板凳坐在瓜棚前，抽着叶子烟，喝着酸枣茶，和人闲聊着，等着瓜贩子来趸瓜。过路人要吃个瓜，多少给两个线，甚至不给钱，叫声"大爷"，道个"劳驾"就可以了，种瓜人和他的瓜同样的沙甜厚道，"斜阳古道卖西瓜"，诗的意境永远是值得回味的。

六月（指农历）里，街头巷尾，到处都有卖西瓜的。卖西瓜的有一套切瓜的功夫，也有一套挑瓜的本事。捧过一个来，先看看四周光不光，圆不圆，有没有磕磕碰碰的地方；再看瓜藤，

要碧绿的活秧,不要焦黄的死秧;再看花蒂处,叫作收花,收花越小越好;再拍拍弹弹,听听声音,生瓜硬如石块,瘪瓜音如败絮;拍上去声音如打足气的篮球,便是好瓜。有此水平,便可以赌打瓜了。"打瓜"也是一种赌,你拣一个,我拣一个,同时打开,看谁的好,赌输的付钱,十分有趣,哈哈一乐,谁还记得此乐呢?

奶酪

李慈铭《越缦堂日记》同治三年(一八六四年)正月初十日记云:

> 吃牛奶一器,北地得此颇难,惟夏间盛饮冰酪,而余时无人知者。

越缦老人这则日记,说错了一半,说对了一半。错的一半是说北地得牛奶颇难,这并非事实。当年北京有不少奶子铺,虽无现代化的消毒牛奶,买碗一般奶子吃,并不困难。《红楼梦》中的凤姐,不是一起身就吃了几口奶子吗?对的一半是说"夏间盛饮冰酪",这真是一种奶制的最好的夏季食品,用琼浆玉液来形容,是毫不为过的。《同治都门纪略》所收《都门杂咏》中荷包巷奶酪(荷包巷旧分东西,在前门箭楼一带,早已焚毁)诗云:

> 闲向街头啖一瓯,琼浆满饮润枯喉,觉来下咽如脂滑,寒沁心脾爽似秋。

这"下咽如脂滑"说得很好,实际上比"脂"还要滑,甜甜的,冰凉地咽下去,滋味是很难形容的。奶酪的制法,是把牛奶加白糖或冰糖烧开，盛在小瓷碗中，冷却后掀去奶皮，实际也就等于脱脂。然后把酒酿、白酒每碗中滴入数滴，使其凝固，放入冰箱中，冰镇一段时间取出，便成为一碗雪白的比嫩豆腐还嫩的奶酪了。端上来时，碗上冒着冷气，奶酪上放一片鲜红的山楂糕，或几点金黄的糖桂花，吃在口中，寒沁舌喉，甜润心脾，似乎任何奶制冰点，如外国的什么"樱桃圣代"、紫雪糕等都无法比拟。这虽是地地道道的北京清凉妙品，但却是蒙古的做法。元人《饮膳正要》一书中有详细的说明。其后在有清一代中，却成为北京人，尤其是旗人最爱吃的消夏冷食了。

奶酪不只好吃，还很好看，品种也很多。近人沈太侔《东华琐录》记云：

> 市肆亦有市牛乳者，有凝如膏，所谓酪也。或饰以瓜子之属，谓之八宝，红白紫绿，斑斓可观。溶之如汤，则白如饧，沃如沸雪，所谓奶茶也。炙奶令热，热卷为片，有酥皮火皮之目，实以山楂核桃，杂以诸果，双卷两端，切为寸断，奶卷也。其余或凝而范以模，如棋子，以为饼，或屑为面，实以馅为饽。其实皆所谓酥酪而已。

沈太侔说得很细致，过去在北京吃奶酪，主要到奶子铺去吃，如西城甘石桥的二合义，前门外门框胡同的一家小铺，都有很好的酪供应。其次就是酪担子，挑着串胡同叫卖。《一岁货声》注云：

> 闲卖一年，担二木桶，层层设碗，带奶卷，夏用冰镇。

这都在大门口就能买到，是十分方便的。所说奶卷，就是制酪时掀起的奶皮，像豆腐皮一样，上面铺点核桃仁卷成一

卷,样子像江南的寸金糖一样,吃起来又酥又香。不过比起酪来,是完全不能相提并论的。那冰凉滑腻的酪,吃在口中真像佛家所说的"如饮醍醐",什么时候能再吃碗酪呢?

梅汤

一到热天,就想起酸梅汤,想起琉璃厂信远斋来。老实说,信远斋的酸梅汤我喝的并不多,因为与他家相交太熟,反倒不好意思去常买来喝了。

北京卖酸梅汤的很多,历史也很久远,早在乾隆时,经学家郝懿行《晒书堂诗钞》中,就有竹枝词咏梅汤云:

底须曲水引流觞,暑到燕山自解凉,铜碗声声街里唤,一瓯冰水和梅汤。

《燕京岁时记》也记载云:

酸梅汤以冰糖合酸梅煮之,调以玫瑰、木樨、冰水,其凉振齿。以前门九龙斋及西单牌楼邱家者为京都第一。

从郝懿行的竹枝词,到富察敦崇所记,前后差不多已一百五十年了。所说九龙斋,在前门瓮城内,即箭楼与城楼之间,历史也很长了,早在咸丰时来秀《望江南词》中,就有一首咏九龙斋云:

都门好,瓮洞九龙斋,冰雪涤肠香味满,醍醐灌顶暑氛开,两腋冷风催。

晚近则以信远斋名气最大了。信远斋在东琉璃厂西口路南,小小的两间老式门面,红油门柱,绿油窗棂,磨砖对缝,十分精致。一块不大的黑油金字牌匾,上写"信远斋"三字,圆润妩媚,标准的馆阁体,是老翰林朱益藩的手笔。从外表看,完全和琉璃厂其他小古玩铺、小书铺一模一样,不知道的人,不会想到它里面卖的并不是书画古玩,而是甜腻腻的蜜饯食品和全北京——也可以说是中外闻名的酸梅汤。信远斋并没有分号,主人姓萧,河北衡水县人,行三,按照北京老派称呼,可以叫声萧三爷。萧氏家族中原本是开书铺的,清末多有改行者,有的结交官宦,弄到"盐引",成为盐商,有的改行卖了清凉饮料酸梅汤,大大的出了名,这也可以说是当年琉璃厂的创举了。

酸梅汤的做法,按照《燕京岁时记》所载,主要是将酸梅、冰糖熬汤。郝懿行《证俗文》说:

> 今人煮梅为汤,加白糖而饮之。京师以冰水和梅汤,尤甘凉。

当然,最好是冰糖,一般则多是白糖了,早年间是没有糖精等骗人的玩意的。遐迩闻名的信远斋酸梅汤,是用最好的乌梅、最好的冰糖熬成原汁,绝对不会往里头搀水。有人说,熬时还加了砂仁、豆蔻,不过这属于萧家的技术秘密,外人不得其详了。酸梅汤内要加桂花,倒是真的。也有人说,信远斋把桂花水泼在门口,路上老远就闻到香味,所以过路人禁不住要进去喝一碗。事实上也不一定,只是每年夏天门前搭起天棚,午后在门前用喷壶一再喷洒,觉得分外阴凉罢了。

北京卖酸梅汤的很多,庙会上摆摊卖的质量也很好。清末《爱国报》所编《燕京积弊》有一段记云:

> 每年一到夏季,北京有种卖酸梅汤的,名为是小买卖

儿,可也不得一样,真有摆个酸梅汤摊儿,得用一二百两银子的。什么银漆的冰桶咧,成对儿的大海碗咧,冰盘咧,小瓷壶儿咧,白铜大月牙,擦了个挺亮,相配各种玩意,用铜索链儿一拴,方盘周围都是铜钉儿,字号牌也是铜嵌,大半不是路遇斋,就是遇缘斋。案子四周围着蓝布,并有"冰镇梅汤"等字,全用白布做成,上罩大布伞,所为阳光不晒。青铜的冰盏儿,要打出各样花点儿来。

《燕京积弊》的文章写得多么通俗,本来嘛,北京作了几百年文明古国的都城,没有点儿特殊的东西行吗!一个卖酸梅汤的摊子这么考究,正代表了古老北京的文明!

冰碗

古人说:"国以民为本,民以食为天。"这话的确是有点道理,就以游山玩水来说吧,如果没有一些风味小吃来吸引游人,风景再好,往往也感到索然无味。

什刹海荷花市场上的零吃摊子很多,最经济的是坐在小板凳上喝碗豆汁,吃点焦圈和辣咸菜;甚至站着吃碗老豆腐或豆腐脑;如果喜欢甜的,便吃盘凉糕,或者吃两块现出油锅的炸糕。这些都是常见的小吃,各有其清新的风味和营养价值。当然是否对您的口味,那是另外一回事了。这些当年也曾形诸文人的笔墨。《春明采风志》所收《莲塘即事》中,有一首"炸糕摊"云:

老头小本为生意,紧靠墙根倒把牢,就怕人多车卸满,炸糕有信要糟糕。

不过对这些我却不想做过多的介绍,因为它并不能代表荷花市场的特征。这首诗平平无奇,也显示不出荷花市场的风味特点。能够代表荷花市场特征的精美食品,应该是河鲜、冰碗和鲜莲子粥。

什刹海前后海水面虽然不算太大,但当年除去中间有一条较深的水道外,两边比较水浅的地方,种上荷花、菱角、鸡头也能出产不少东西。这些鲜货在荷花市场上现摘现卖,雪白的、又脆又嫩的白花果藕;大把的、十个一扎的大莲蓬;翠绿的、带着刺的大鸡头;成堆的、嫩绿的泛着红色的菱角,边上摆着一大块冰。一个头剃得精光,身穿着白洋布坎肩的健壮汉子叫卖着,这就是荷花市场的河鲜。有些人在研究《红楼梦》的文章中,认为"北京决不能生长"菱,这是没有逛过荷花市场,没有吃过什刹海河鲜的原因。

茶棚中的精致点心:把鲜藕嫩片、鲜莲芯、鲜菱角肉、剥出来的鲜鸡头米(即"芡实"),去了衣的鲜核桃肉、鲜甜杏仁等,放在一个细瓷小碗中,加点糖,上面再放一小块亮晶晶的冰,吃起来又香、又脆、又凉,真可以够得上"口角沁香入齿牙"了。这就是冰碗。清末魏元旷《都门琐记》云:

藕本南方物,远逊于北,清脆甘润,了无渣滓,席中与鲜核桃、莲菱子米,同入冰碗。

稍后徐珂《清稗类钞》中也记道:

钉盘既设,先进冰果。冰果者,为鲜核桃、鲜藕、鲜菱、鲜莲子之类,杂置小冰块于中,其凉彻齿而沁心也。

这都是河鲜、冰碗的记载,是荷花市场最精美的食品。

煮得极软的京西碧粳大米加香糯米的粥,等凉了之后,盛

在釉下蓝的细瓷碗中，上面放上煮得极酥的鲜莲子、脆生生的鲜核桃仁，上面堆雪白的雪花绵白糖，再稍稍洒上点青丝、红丝、这样精美的粥，就是什刹海著名的鲜莲子粥。这样的粥，不要说吃在口中，即便看上一眼，也觉得甜滋滋地要咽口水。当然，这样的粥，也只有坐在什刹海大席棚下面对着老柳荷塘，悠悠然地吃，才更有味道。如果说青年宜于吃冰碗，老年喜食莲子粥，那当年惯于吃冰碗的人，现在当更怀念那甜津津的鲜莲子粥了吧？

冰激淋

冰激淋本来是舶来的食品，但当其制法一传到北京，那古老的都城便也有了她自己的冰激淋了，连老式的敲冰盏卖冰的小贩，也会唱：

冰激淋，真叫凉。鸡蛋、牛奶加白糖……

当然，那时吃冰激淋的人，也以新派人，尤其是青年学生为主。记得一位清华老校友，他是我的表兄，"七七"之前，他在清华做学生，最爱吃成府街上小铺的冰激淋，后来参加了革命。新中国成立后回到北京，见面第一件事，便是让我陪他去吃冰激淋，可见北京冰激淋是多么使远人为之思念了。

庚子前后，不少外国东西陆续传入北京，吃大菜成为时髦的事情，于是大菜、洋面、荷兰水、冰激淋等等，便为北京人所接受，尤其是冰激淋，因为制作方便。而北京夏天又有大量藏冰，材料便宜，销售容易，利润很高，大家便都争着做来卖了。以西单一隅说吧，在三十年代初，制造冰激淋出售的，不算小商小贩，只算大、中字号，就有中华斋、半亩园、滨来香、亚北号、五强豆乳社、饮冰室、益锠号等十几家之多，不但店中零售，还可整桶送到顾客家中，其他自制自销，摆摊的、串胡同的小商贩，那更数也数不清了。

冰激淋的原料是鸡蛋、牛奶、淀粉、白糖，这些当时在北京都是极为便宜的。鸡蛋一元钱可买一百来个，白糖一百斤一包也只卖九元左右。摇一中桶冰激淋，用上十个鸡蛋，一斤牛奶，半斤白糖足够了。再加淀粉浆，以及桶外用于冷却的冰和食盐，成本最多不过三毛多钱，但售价小桶一般九角，中桶一般一元五角左右，有四五倍的利润了。

那时整个北京，还没有什么冰棒、冰砖、雪糕之类的东西，有的只是冰激淋和雪花酪。加牛奶、鸡蛋等摇起来的就是冰激淋；单纯用开水冲淀粉汁摇起来的，没有黏性，便是雪花酪，实际冰激淋没有酪好吃，只是名称好听罢了。

老式的制冰激淋法：一个大木桶，桶内放冰和盐，冰中间再放一个马口铁桶，铁盖上有孔，一根轴通下面，四周有叶片。轴上有平齿轮，摇把上有竖齿轮，两轮相交，一摇手柄，轴即带动叶片旋转，这种古老的冰激淋摇桶现在大概无处购买了。铁桶内放淀粉浆（如稀藕粉）、鸡蛋、牛奶、白糖及香料或果汁，大约旋转三十分钟左右，桶中的鸡蛋等物，便被冻凝浑然一体，成为可口的冰激淋了。当时有不少人家，自己买了这种冰激淋桶自己摇，也十分方便，当然也更合算。

单纯用鸡蛋、牛奶、白糖加香料摇成冰激淋，吃起来入口腻而滑，一点冰碴都没有，现在这种冰激淋是很难吃到了。

因为冰激淋是摩登食品，一般旧派人很少问津，宁吃奶酪、果子干，喝酸梅汤，也不吃冰激淋。北京东安市场的其士

林、国强,米市大街的青年会餐室,都有很好的手摇冰激淋出售,腻、滑、凉、甜,入口即化,其味道比电机制造的冰砖等不知好多少倍。西郊在成府街上小铺中,也有极好的冰激淋卖,记得卖两三毛钱一杯,在当时是十分昂贵的了,那是专门卖给当时清华、燕京两个大学的师生的。在城里胡同中,打冰盏的小贩也叫卖:"冰激淋、雪花酪,好吃凉的你就开口啵……"那味道也很不错,价钱自然便宜多了。

夏初

◎顾随

我喜欢夏初的天气。我爱看树和草的鲜嫩的绿叶子。

古人说:"春秋多佳日。"今人鲁迅先生又说:"北京仿佛没有春和秋。……冬末和夏初衔接起来,夏才去,冬又开始了。"由后之说,则北京这地方未免可怜了,连多佳日的季候都没有。但是我对此并没什么不满;因为我喜欢夏初。

一天的上午,我走在一条僻静的小街上,一点声音都没有,住户的门都关着,使我几乎要遍叩所有的门,问一问有没有人在里面住着。老槐树的荫凉是那么浓密,我又疑心地下的树影儿都是绿的。

在青岛时,常常跑到山顶上看山下的树一碧无际,望去一直接连着大海。在济南时,常常立在铁公祠前,看出水一筷子来高的苇子芽。现在只有这样的槐荫供我玩赏了。然而我依然满意;因为这已经足够使我感到夏初的味儿了。

有人说我现在是住在乡间①,所以这样想;假使住在北京城里,便另是一种情调了。

我意不然。

我也常进城。在南城有一个古老的会馆②。屏兄占据着

---

① 当时作者任教于燕京大学,寓居学校附近的成府村。
② 指北平宣武门外之"直隶会馆"。

一间屋。半年以来,一星期内我倒有两三夜要住在那里。窗外的三棵马缨树——北京人叫作绒花树的——已经长出了绿叶。因为是北房,又没有廊子,正午的太阳穿过了树叶,洒在窗纸上。吃完午饭,屏兄歪在床上睡晌觉。我歪在竹子躺椅上,随手在架上拉过一本书来看,有意无意地。院子里太阳是那样好。马缨花的嫩叶微微地在摇动。绿光便闪到我似睡非睡的眼里。大门外时常有汽车鸣着各种不同的声音的喇叭驰过去。但我也觉得很辽远,很模糊。屏兄也香甜地睡着,轻轻地打鼾。假使没有朋友来,我们两人常这样地过去礼拜六的一下午。

　　上次进城,看见屏兄的案头瓶中,还供着花。

　　"啊!芍药。"

　　"在市场买来的。"

　　屏兄似乎很高兴。他总嫌他的屋子狭小,没有生气。狭小,没法了。没有生气,他想用花来点缀一下。然而他忙,忙得没有养花的余闲。这次买来芍药做瓶供,在他许是以为不但添生气,还有些春意了吧。

　　芍药是有名的"殿春"花,但在北方,有时开时已是夏初了。屏兄似乎不曾理会到这里。他实在忙,忙到连去公园或北海看牡丹的工夫都没有。在北京,倘自己住的院子里没有花,再不去北海或公园走一走,真不知春天的来临与归去的。我似乎曾对屏兄说过这样的话。他却说坐电车时,看见马路两旁的柳树发了芽,也感到了春意了。但也很怅惘于始终没有工夫到公园或北海看看牡丹。现在有了芍药在案头,怪不得他高兴。他总以为这是春花,也不管它开在什么时期。

　　奇事又发现了,在一个大的纸盒子盖里,还有几条长成的蚕。

"哪里来的这个?"

"学生送给的。"屏兄微笑着说,仿佛又很高兴。

我有许多年不曾见到那么大的蚕。于是就坐下看蚕吃桑叶。我长到这么大,才知道蚕的嘴是竖着的。

屏兄出去了。不大的工夫,又进来,手里拿着桑叶。原来在院子里的南墙根下就长着丛生的一人多高的桑树。屏兄把新采来的叶子撒上,不久,蚕都抬起头来,用了胸前类似乎脚的东西抱了叶子的边缘,细细地嚼食。一会儿,叶上就是一个缺口,半圆的。又整齐,又细致,像用了指甲掐去了一块似的。

"咦,怎么少了两条?"屏兄不自觉地喊出口来。但随即在半干的大叶子下,发现了两个茧。一个长圆的,一个中间凹进去,有如一个亚腰葫芦。

"这个怎么这样?"

"日本蚕好做这样的茧。"屏兄答,"半天的工夫,没看它;不想竟结了茧。"他又自言自语地低声说。

吃过了晚饭,没有事,仍旧看蚕。有一条爬到盒子的旁边没有桑叶的地方,跷起头来,静候着什么似的;时而又把头左右地摇摆。

"这一条怎么不吃了? 有病了吧?"

"大概是要结茧了。"屏兄答,"结茧须要找一个角落的地方方好。有如蜘蛛的结网,先要把几根主要的线附着在别的事物上,才能结成。亏得那两个蚕巧,就在那个大桑叶下结成了。"

我抓过纸烟来吸。忽然想:把那条蚕装在盛烟的纸盒里吧。于是把那所有的下余的烟都倒出来,把蚕装进去,只开着盒的一端。

"干什么?"屏兄问。

"让它在这里面结茧呀!"我答。

屏兄掀须大笑了,仿佛觉得我是一个顽皮的小孩子。

我真有点像小孩子了。隔十几分钟,便把烟盒子拿起来看一看。一会儿,见蚕的头向着那一端;一会儿,又向着这一端。一会儿,又见里面有了蚕矢,而且盒子也湿了一大片。蚕在里面,也忙起来,不住地左右上下摇摆它的头。

"盒子里怎么湿了呢?"我问。

"大概是它排泄的吧。想来它必须排泄净尽,方可结茧;否则把自己结在茧里之后,岂不太费事了,况且它又不能随便出入的。"

我们两个都笑了。

待到睡觉的时节,我又看了看,盒子开着的那一端,已经被几条丝稀稀地络起来了。

第二天起床之后,才穿上鞋,便拿起盒子来看,里面是一个茧。我把那一端也打开了,冲着亮一照,却见茧还很薄,清楚地看见蚕在里面摇摆它的头。

又有一条也不吃叶子了。这回是屏兄把它装在一个盛牙膏瓶子的纸盒里。但下午我出城时,看了看,它还没有结茧。

忘记是星期几,到一个小饭铺子里去吃午饭,却见柜台上,用玻璃瓶子供着两枝盛开的芍药,比屏兄所供的又大又艳丽。我问伙计在哪里买的。

"在街上。"他回答。

"随时有卖的吗?"

他稍一沉吟,便说:"您看着好,就拿去吧。"

"谢谢你。"我很高兴。

他笑了。

饭后,我就真个拿了一枝回家。在老槐树的荫下走着时,我嗅着一阵一阵的甜香。一个蜜蜂儿飞来,落在花上。我摇动那枝花。但蜂儿似乎不觉得,在花蕊里连打了几个转身,全身都是粉,益发黄了。在走近寓所的时候,不知何时,蜂儿又飞走了。

瓶子里注上水,把花也供在书桌上。下午,鹰北来坐着,看见了,便说:"你在什么地方弄了这样的花?盛开的,不好。不久,就要谢。"

我没有答应什么。

听差的送进一封信,屏兄的。拆开看时,是报告那条蚕在盛牙膏的纸盒子里结茧的事。而且这个茧特别大。又说马缨花已经有了花蕾了。

我回头看,瓶中的芍药,果然谢了;案上就有许多片零落的花瓣,虽然香甜依然散布在小的书室中。我因为屏兄信上说马缨花有了花蕾,便想看看我这个小院子里的那两棵马缨有花没有。看的结果是没有,大概因为树还小不会开花的原故。但我并不失望。看见树上的叶子绿得有如涂了油,便已觉得高兴,不知怎的总仿佛看见了一个青年健康地转入了中年。

原刊于1930年6月30日《骆驼草》周刊第八期。署名苦水。

太阳茶

◎林清玄

在凤凰城很有名的太阳茶,就是早上出门上班时,把一壶冷水放在窗边,里面放一包茶袋,下午回来就泡好了,滋味还挺不错的。

台湾近几年的夏季特别燠热,每当气温到了摄氏三十六七度时,几乎不敢出门,只有躲在家里吹冷气。专家说这是地球温室效应的结果,使得全世界的气温都反常,夏季反常得更厉害。

我觉得像台北这样的城市,气温的反常除了温室效应还有人为因素,例如环境的污染与破坏,每天在头顶上秽气罩顶,气温如何会凉快?例如每年增加的冷气机数以万计,热气全排放到屋外,气温又如何不上升?

回想二十年前住在台北的情景,当时的夏天虽然炎热,并不气闷,即使不用冷气,人也睡得清凉。在感受上,这几年的天气确实不如当年了。

台北正是最热的时候,我到洛杉矶去,发现洛杉矶的气温与台北不相上下,但是洛城比台北舒适,因为湿度较低、污染较轻的缘故。然后到了加拿大温哥华,感觉就像走进人间的仙境,气温约在二十四度左右,到处都是参天的林木,空气洁净清凉如水,怪不得近些年移民温城的人如此之多。

但是亲戚告诉我:"到了冬天的温哥华很冷,下雪时都不敢出门。像我们在台湾住久了的人,不耐冷。"所以,到冬天时,亲戚回台北住,像候鸟一样。

然后我转往达拉斯,气温高达摄氏四十度,走出机场的感觉就像走进火炉一样,到处是赤日炎炎的景象,连街边的菩提树,叶子都被太阳晒皱了。我住在开银行的高中同学家,他有一座豪华住宅,可惜客房的冷气太热,逼得我在泳池泡到凌晨两点,最后在客厅席地而卧。

我所去过最热的地方,就是马盖先的家乡"凤凰城"了,来接飞机的朋友见面就谈到天气,他说:"这里的气温大约是一百一十五度,是今年夏天最热的,你可要有心理准备"。

我对华氏一向没概念:"一百一十五度,摄氏是几度?"

朋友说:"大约是摄氏四十五六度吧!"

我心里一紧,咬着牙关步出机场,果然"哄"的一声热气流迎面扑来。坐车前,朋友警告我,四十五度是空气中的温度,汽车、地面、门窗等固定的东西,温度都是七八十度,不小心碰了都会烫伤。

在凤凰城住了近二十年的朋友,对当地的燠热颇有心得,他说:凤凰城这名字取得真好,浴火重生,每年的夏天就像《西游记》中的火焰山,只缺一把铁扇公主的芭蕉扇。

他说:"像这种天气,车上、窗边都不可以放塑胶制品,大约一个小时就会熔化了。""要吃荷包蛋最简单,把蛋打在屋外的任何地方,马路、车顶、石头上,一下子就熟了。""在凤凰城很有名的太阳茶,就是早上出门上班时,把一壶冷水放在窗边,里面放一包茶袋,下午回来就泡好了,滋味还挺不错的。"

朋友每天要喝二十杯 500 cc 的水,水分才够。但最热的还不是四十六度,有时会热到超过五十度,"到五十度时,空气中的热流蒸腾,用眼睛都看得见,真的是热浪呀!"

在凤凰城住了两天,接受朋友的"热情"招待,觉得台北也是很凉爽的。

临走的时候,忍不住问朋友:"这种地方你怎么可以住这么久?"

朋友笑着:"只有夏天是这样,春、秋、冬天的凤凰城都是很美的,任何地方都比不上。"

我想,人有很大的潜能可以适应环境,而且,气候的苦乐是比较级的,在报纸上看到哈尔滨的早泳队,在摄氏零下四十度的气温,于未冻结的冰河游泳,感觉到不可思议;但哈尔滨的人一定也不能了解,在气温高达三十七度的台湾,有人还在四十五度以上的阳明山温泉浸泡吧!

"什么是不畏寒热的秘方呢?"有人问。

禅师说:"既然无可逃避,冷时就承担你的冷,热时就享受你的热吧!"

用太阳煮的茶,应该也很不错的。

我底夏天

◎巴金

　　我把自己关闭在坟墓一般的房间里已经有许多许多的日子了。每天每天我坐在阳光照耀的窗前,常常坐到深夜。窗户外面是一排高耸的房屋,这房屋虽然不曾给我遮住阳光,却给我遮住了街市,而且使我看不见这一个大都市里的群众。

　　于是夏天到了。许多的工作停顿了,许多的人到阴凉的地方去了。这都市就成了热带的沙漠,在这里连风也是热的。写字间装好了电扇,工厂里却依旧燃着烈火熊熊的火炉。对于某一些人夏天似乎是不存在的。甚至在这沙漠上他们也可以找到绿洲。这绿洲只是为着少数人而存在的。

　　然而对于我,我是痛切地感觉到夏天来了。我依旧留在自己底坟墓般的房间里,而如今坟墓外面却被人燃起了野火,坟头的草已经被烧枯了,坟墓里就变成了蒸笼似地热。我底心像炭一般燃烧起来,我底身子差不多要被蒸熟得不能够动弹了。在这些时候我虽然依旧枯坐在窗前,动也不动一动,而且差不多要屏绝了饭食,但我却不得不拼命地喝着凉水,来熄灭我心里的火焰。

　　我这样整日家坐在窗前,我是在看那高耸的房屋么?不,那些房屋就像一匹火山,在平静的表面下正沸腾着火流,这火山是迟早要爆发的。我是在看这大都市里的群众么?不,他

们这时候是在火炉旁边被烧被蒸,在马路中间飞驰着的汽车里面没有他们,而且连马路也被那高耸的房屋给我遮住了。那么我就是在无益的痴想中浪费我底生命么?

不,我是坐在一张破旧的书桌前面创造我底《新生》。这《新生》是我底一部长篇小说,却跟着小说月报社在闸北的大火中化成了灰烬。那火是日本兵士放的火,它烧毁了坚实的建筑,烧毁了人底血肉的身躯,但它却不能够毁灭我底创造冲动,更不能够毁灭我底精力。我要来重新造出那被日本的爆炸弹所毁灭了的东西。我要来试验我底精力究竟是否会被那帝国主义的爆炸弹所克服。

日也写,夜也写,坐在蒸笼似的房间里,坐在烈火般的阳光焦炙的窗前,忘了动弹,忘了饭食,这样经过了两个夏季的星期以后我终于完成了我底纪念碑,这纪念碑是帝国主义的爆炸弹所不能够毁灭的,而它却会永久地存在着来证明日本帝国主义的暴行。

我把这当做一个赌,拿我底精力来做孤注一掷,但是这一次我却胜了。

这样地度过了我底两个星期的夏日以后,我如今是要离开这蒸笼似的、坟墓似的房间了,我如今是要离开这热带沙漠似的大都市了。

然而我会回来的,假若有一天,坟头生长了茂盛的青草,沙漠变成了新绿的原野,那时候我会回来,回来看我底纪念碑是否还立在这都市里。

1932年7月15日

燕居夏亦佳

◎张恨水

到了阳历七月,在重庆真有流火之感。现在虽已踏进了八月,秋老虎虎视眈眈,说话就来,真有点谈热色变,咱们一回想到了北平,那就觉得当年久住在那儿,是人在福中不知福。不用说逛三海上公园,那里简直没有夏天。就说你在府上吧,大四合院里,槐树碧油油的,在屋顶上撑着一把大凉伞儿,那就够清凉。不必高攀,就凭咱们拿笔杆儿的朋友,院子里也少不了石榴盆景金鱼缸。这日子石榴结着酒杯那么大,盆里荷叶伸出来两三尺高,撑着盆大的绿叶儿,四围配上大小七八盆草木花儿,什么颜色都有,统共不会要你花上两元钱,院子里白粉墙下,就很有个意思。你若是摆得久了,卖花儿的逐日会到胡同里来吆唤,换上一批就得啦。小书房门口,垂上一幅竹帘儿,窗户上糊着五六枚一尺的冷布,既透风,屋子里可飞不进来一只苍蝇。花上这么两毛钱,买上两三把玉簪花红白晚香玉,向书桌上花瓶子一插,足香个两三天。屋夹角里,放上一只绿漆的洋铁冰箱,连红漆木架在内,只花两三元钱。每月再花一元五角钱,每日有送天然冰的,搬着四五斤重一块的大冰块,带了北冰洋的寒气,送进这冰箱。若是爱吃水果的朋友,花一二毛钱,把虎拉车(苹果之一种,小的)大花红,脆甜瓜之类,放在冰箱里镇一镇,什么时候吃,什么时候拿

出来,又凉又脆又甜。再不然,买几大枚酸梅,五分钱白糖,煮上一大壶酸梅汤,向冰箱里一镇,到了两点钟,槐树上知了儿叫处正酣,不用午睡啦,取出汤来,一个人一碗,全家喝他一个"透心儿凉"。

  北平这儿,一夏也不过有七八天热上华氏九十度。其余的日子,屋子里平均总是华氏八十来度,早晚不用说,只有华氏七十来度。碰巧下上一阵黄昏雨,晚半晌睡觉,就非盖被不成。所以耍笔杆儿的朋友,在绿阴阴的纱窗下,鼻子里嗅着瓶花香,除了正午,大可穿件小汗衫儿,从容工作。若是喜欢夜生活的朋友,更好,电灯下,晚香玉更香。写得倦了,恰好胡同深处唱曲儿的,奏着胡琴弦子鼓板,悠悠而去。掀帘出望,残月疏星,风露满天,你还会缺少"烟士披里纯"[①]吗?

  [①] 英语 inspiration 之音译,意为"灵感"。

在热波里喘息

◎郁达夫

因为还有许多未完的稿子想做,所以在一个月前,就定下了独身北上的计划。但一直到六月底止,上海的天气真也凉爽得可爱,因此一挨两挨,就挨到了七月。直至七月中旬将到,而忽然一变,上海竟变成了天天在百度以上的灼热地狱了。在这样的热波里浸着,便吐一口气都觉得累赘,还哪里有心想上车雇马,放心行旅呢?所以这几日来,只在小小的寄寓里,脱光了衣服,醉酒酣卧和看书。

第一部看的,是谷崎润一郎的《食蓼之虫》。三数年来,和谷崎的笔墨,疏远得也很长久了。这一次得到了春阳堂发行的这一册小本小说,真使我寝食俱忘,很快乐地消磨了一个午后,和半夜的炎热的时季。文笔的浑圆纯熟,本就是这一位作家的特技,而心理的刻画,周围环境的描摹,老人趣味和江户末期文化心理的分析,则自我认识谷崎,读他的作品以来,从没有见到比这一部《食蓼之虫》更完美的结晶品过。这一部书,以我看来,非但是谷崎一生的杰作,大约在日本的全部文学作品里,总也可以列入十名以内的地位中去的。我很希望中国的爱读谷崎氏的作品者,马上能够把它翻译出来,来丰富丰富我们中国的翻译文学。

至于这书的内容背景,当然是和他的让妻给友,有点关系的。可是这些实感,并不是使这书所以成为伟大的中心点,即

使离开了关于个人的生活关系和趣味来看,它也必然地是日本文学中的一篇美丽谐整的宝石样的东西。

第二部看的,是柳无忌、无非、无垢兄妹三人合作的《菩提珠》小品集,作者们都还不过是二十岁内外的妙龄儿郎,文笔的幼稚,一看就可以看出。可是这幼稚,却是《随园诗话》里所说的不失其赤子之心的诗人的幼稚,读到了她们的话,则自以为阅世较深,年事稍长的我们,也不禁会张口微笑起来,笑纳她们的同小孩子似的憨态。譬如看见了日本人的厚重的木屐,便想教他们走得轻些,免得生活在地球这面的她哥哥的头上,会感到木屐的残踏,这岂不是不失其赤子之心的诗人的幼稚么?

第三部看的,是《现代杂志》的编者施蛰存君的《将军的头》。以史实来写小说,是我在十几年前就想做而未成的工作,现在看到了这四篇东西,我觉得我的理想,却终于被施君来实践了。曾读过我的那篇《历史小说论》的人,或者会记得我之所以想以史实来写小说的原因,历史小说的优点,就在可以以自己的思想,移植到古代的人的脑里去。施君的四篇东西,都是很巧妙地运用着这一个特点的。尤其是《将军的头》的神话似的结尾,和《石秀》的变态地感到性欲满足的两处地方,使我感到了意外的喜悦。

天时若再热一点起来,说不定看书会更看得多一点,也说不定会勉强出发,上北国去过它一个残夏和初秋。但这一周间,我的唯一的消暑的方法,却只在睡觉和读书,而读过的那三部书的意见,已约略说出在上面了。

说避暑之益

◎林语堂

我新近又搬出分租的洋楼而住在人类所应住的房宅了。十月前,当我搬进去住洋楼的分层时,我曾经郑重地宣告,我是生性不喜欢这种分租的洋楼的。那时我说我本性反对住这种楼房,这种楼房是预备给没有小孩而常住在汽车不住在家里的夫妇住的,而且说,除非现代文明能够给人人一块宅地,让小孩去翻筋斗捉蟋蟀弄得一身肮脏痛快,那种文明不会被我重视。我说明所以搬去那所楼层的缘故,是因那房后面有一片荒园,有横倒的树干,有碧绿的池塘,看出去是枝叶扶疏,林鸟纵横,我的书窗之前,又是夏天绿叶成荫,冬天子满枝。在上海找得到这样的野景,不能不说是重大的发现,所以决心租定了。现在我们的房东,已将那块园地围起来,整理起来,那些野树已经栽植得有方圆规矩了,阵伍也渐渐整齐了,而且虽然尚未砌出来星形八角等等的花台,料想不久总会来的。所以我又搬出。

现在我是住在一所人类所应住的房宅,如以上所言。宅的左右有的是土,足踏得土,踢踢瓦砾是非常快乐的,我宅中有许多青蛙蟾蜍,洋槐树上的夏蝉整天价地鸣着,而且前晚发现了一条小青蛇,使我猛觉我已成为归去来兮的高士了。我已发现了两种的蜘蛛,还想到城隍庙去买一只龟,放在园里,

等着看龟观蟾蜍吃蚊子的神情,倒也十分有趣。我的小孩在这园中,观察物竞天择优胜劣败的至理,总比在学堂念自然教科书,来得亲切而有意味。只可惜尚未找到一只壁虎。壁虎与蜘蛛斗起来真好看啊!……我还想养只鸽子,让他生鸽蛋给小孩玩。所以目前严重的问题是,有没有壁虎?假定有了,会不会偷鸽蛋?

由是我想到避暑的快乐了。人家到那里去避暑的可喜的事,我家里都有了。平常人大不觉悟,避暑消夏旅行最可纪的事,都是那里曾看到一条大蛇,那里曾踏着壁虎蝎子的尾巴。前几年我曾到过莫干山,到现在所记得可乐的事,只是在上山路中看见石龙子的新奇式样,及曾半夜里在床上发现而用阿摩尼亚射杀一只极大的蜘蛛,及某晚上曾由右耳里逐出一只火萤。此外便都忘记了。在消夏的地方,谈天总免不了谈大虫的。你想,在给朋友的信中,你可以说"昨晚归途中,遇见一条大蛇,相觑而过",这是多么称心的乐事。而且在城里接到这封信的人,是怎样的羡慕。假定他还有点人气,阅信之余,必掷信慨然而立曰:"我一定也要去。我非请两星期假不可,不管老板高兴不高兴!"自然,这在于我,现在已不能受诱惑了,因为我家里已有了蛇,这是上海人家里所不大容易发现的。

避暑还有一种好处,就是可以看到一切的亲朋好友。我们想去避暑旅行时,心里总是想着:"现在我要去享一点清福,隔绝尘世,依然故我了。"弦外之音,似乎是说,我们暂时不愿揖客,鞠躬,送往迎来,而想去做自然人。但是不是真正避暑的理由,如果是,就没人去青岛牯岭避暑了。或是果然是,但是因为船上就发现你的好友陈太太,使你不能达到这个目的。

你在星期六晚到莫干山,正在黄昏外出散步,忽然背后听见有人喊着:"老王!"你听见这样喊的时候,心中有何感觉,全凭你自己。星期日早,你星期五晚刚见到的隔壁潘太太同她的一家小孩也都来临了。星期一下午,前街王太太也翩然莅止了。星期二早上,你出去步行,真真出乎意外,发现何先生何太太也在此地享隔绝尘世的清福。由是你又请大家来打牌,吃冰淇淋,而陈太太说:"这多么好啊!可不是正同在上海一样吗?"换句话说,我们避暑,就如美国人游巴黎,总要在 l'Opera 前面的一家咖啡馆,与同乡互相见面。据说 Montmartre 有一家饭店,美国人游巴黎,非去赐顾不可,因为那里可以吃到真正美国的炸团饼。这一项消息,Anita Loos 女史早已在《碧眼儿日记》郑重载录了。

　　自然,避暑还有许多益处。比方说,你可以带一架留声机,或者同居的避暑家总会带一架,由是你可以听到年头年底所已听惯的乐调,如《璇宫艳》舞,《丽娃栗妲》之类。还有一样,就是整备行装的快乐高兴。你跑到永安公司,在那里思量打算,游泳衣里淡红的鲜艳,还是浅绿的淡素,而且你如果是卢骚陶渊明的信徒,还须考虑一下:短统的反翻口袜,固然凉爽,如渔网大花格的美国"开索"袜,也颇肉感,有寓露于藏之妙,而且巴黎胭脂,也是"可的"的好。因为你不擦胭脂,总觉得不自然,而你到了山中避暑,总要得其自然为妙。第三样,富贾,银行总理,要人也可以借这机会带几本福尔摩斯小说,看一点书。在他手不释卷躺藤椅上午睡之时,有朋友叫醒他,他可以一面打哈一面喃喃地说,"啊!我正在看一点书。我好久没看过书了。"第四样益处,就是一切家庭秘史,可在夏日黄昏的闲话中流露出来。在城里,这种消息,除非由奶妈传达,

你是不容易听到的。你听见维持礼教乐善好施的社会中坚某君有什么外遇,平常化装为小商人,手提广东香肠咕咚咕咚跑入弄堂来找他的相好,或是何老爷的丫头的婴孩相貌,非常像何老爷。如果你为人善谈,在两星期的避暑期间,可以听到许多许多家庭秘史,足做你回城后一年的谈助而有余。由是我们发现避暑最后一样而最大的益处就是——可以做你回城交际谈话上的题目。

要想起来,避暑的益处还有很多。但是以所举各点,已经有替庐山青岛饭店做义务广告的嫌疑了。就此搁笔。

夏之一周间

◎老舍

我与学界的人们一同分润寒假暑假的"寒"与"暑","假"字与我老不发生关系似的。寒与暑并不因此而特别的留点情;可是,一想及拉车的,当巡警的,卖苦力气的,我还抱怨什么?而且假期到底是假期,晚起个三两分钟到底不会耽误了上堂;暂时不作铜铃的奴隶也总得算偌大的自由!况且没有粉笔面子的"双"薰——对不起,一对鼻孔总是一齐吸气,还没练成"单吸"的工夫,虽然作了不少年的教员。

整理已讲过的讲义,预备下学期的新教材,这把"念读写作,四者缺一不可"的工夫已作足。此外,还要写小说呢。教员兼写家,或写家兼教员,无论怎样排列吧,这是最时行的事。单干哪一行也不够养家的,况且我还养着一只小猫!幸而教员兼车夫,或写家兼屠户,还没大行开,这在像中国这么文明的国家里,还不该念佛?

闹钟的铃自一放学就停止了工作,可是没在六点后起来过,小说的人物总是在天亮左右便在脑中开了战事;设若不趁着打得正欢的时候把他们捉住,这一天,也许是两三天,不用打算顺当地调动他们,不管你吸多少支香烟,他们总是在面前耍鬼脸,及至你一伸手,他们全跑得连个影儿也看不见。早起的鸟捉住虫儿,写小说的也如此。

这绝不是说早起可以少出一点汗。在济南的初伏以前而打算不出汗,除非离开济南。早晨,响午,晚间,夜里,毛孔永远川流不息:只要你一眨巴眼,或叫声"球"——那只小猫——得,遍体生津。早起决不为少出汗,而是为拿起笔来把汗吓回去。出汗的工作是人人怕的,连汗的本身也怕。一边写,一边流汗;越流汗越写得起劲;汗知道你是与它拼个你死我活,它便不流了。这个道理或者可以从《易经》里找出来,但是我还没有工夫去检查。

自六点至九点,也许写成五百字,也许写成三千字,假如没有客人来的话。五百字也好,三千字也好,早晨的工作算是结束了。值得一说的是:写五百字比写三千的时候要多吸至少七八支香烟,吸烟能助文思不永远灵验,是不是还应当多给文曲星烧股高香?

九点以后,写信——写信!老得写信!希望邮差再大罢工一年!——浇浇院中的草花,和小猫在地上滚一回,然后读欧·亨利。这一闹哄就快十二点了。吃午饭;也许只是闻一闻;夏天闻闻菜饭便可以饱了的。饭后,睡大觉,这一觉非遇见非常的事件是不能醒的。打大雷,邻居小夫妇吵架,把水缸从墙头掷过来,……只是不希望地震,虽然它准是最有效的。醒了,该弄讲义了,多少不拘,天天总弄出一点来。六点,又吃饭。饭后,到齐大的花园去走半点钟,这是一天中挺直脊骨的特许期间,廿四点钟内挺两刻钟的脊骨好像有什么卫生神术在其中似的,不过,挺着胸膛走到底是壮观的;究竟挺直了没有自然是另一问题,未便深究。

挺背运动完毕,回家。屋子里比烤面包的炉子的热度高多少?无从知道,因为没有寒暑表。屋内的蚊子还没都被烤死呢,我放心了。洗个澡,在院中坐一会儿,听着街上卖汽水,冰激凌的吆喝。心静自然凉,我永远不喝汽水,不吃冰激凌;香片茶是我一年到头的唯一饮料,多喒香片茶是由外洋贩来我便不喝了。九点钟前后就去睡,不管多热,我永远的躺下(有时还没有十分躺好)便能入梦。身体弱多睡觉,是我的格言。一气睡到天明,又该起来拿笔吓走汗了。

过去的一周就是这么过去的;没读过一张报纸,不作亡国的事的,与作亡国的事的,或者都不大爱读新闻纸;我是哪一等人呢?良心上分吧。

夏日书简

◎艾青

我们来到这里已一个星期了。我们住的是一个已经古旧了的大院子,这院子的原来的主人,我想,该是一个起码要有一百个佃户才供养得起的大地主;但这家庭早已衰落了,老主人已在去年死去,他的儿子死得更早,留下他的孙子——一个三十几岁的游手好闲的鸦片烟鬼,和三个孙女,和老的小的一起六七个人。

这院子在一个小山的脚边,它的四周差不多有一里宽,在这么大的地面上,砌了一层五尺高的基石,这基石,如我刚才所说,就至少该有一百个佃户被沉重地压在下面。

育才学校把这院子的大部分租下来,每年二百八十块钱,用以作为一部分教员的宿舍,于是这院子,这原是在衰落中荒废了的大院子,住满了一些文学的,戏剧的,音乐的,以及绘画的青年。

院子的前面,是顺着山的斜度向下凹进的一条窄长的低地,这低地被一片非常茂密的杂木林所遮覆,里面有一条因久旱而干涸了的小溪,现在只剩下几片不连续的积水,流水的声音早已哑默了。

这里育才学校的文学组的小朋友把它命名为"普式庚林",用来纪念诗人逝世的一百○三年,而林子里,还有一条由稚小的手所开辟的道路,这道路,也由小朋友给了一个魅人的名字:"奥涅金路"。

假如走路的人从这山地经过,走近这小林,当会看见一块画了一个有着丰密的美髯和环住了厚厚的鬈曲的长发的清秀的脸的木牌,在那木牌上,画像的旁边,就用方头字写了"普式庚林"。而"奥涅金路"的牌子,则是隐没在那柏树和女贞和桦子树之间。

沿着钢琴的声音所传来的方向,朝着另一个小山的松林间寻觅,一个壮丽的寺院就隐现在里面,这就是育才学校。

那寺院离我住的院子不到一里路,但这一段短短的路程,所走的却完全是上坡或下坡。

我所担任的功课是文学讲座,同时他们要我负责文学组,现在还没有开始。

我是欢喜这山地的。站在稍稍高一点的山坡向远方看:何等的旷野的壮观!无数的山互相牵连着又各自耸立着,褐色的,紫色的,暗黛色的,浅蓝色的山!温和的,险峻的,宽大的山!起伏不平的多变化的山!映在阳光里的数不清的山!

岩石,茂林,峡谷,峰峦,山与山之间的窄小的平野,沿着山向上延展的梯田,村舍,零散在各处的村舍⋯⋯构成了这旷野的粗壮而富丽的画幅。

我就生活在这环境里。每天我起来很早。我起来时月亮还在我的房子里留下最后的光辉。为了白天太热,我常趁这时候写一点东西。但我写的并不多,一到天大亮了就被一些谁都不容易逃避的日常琐事所打断。

上午看一点书。躲在床上看,这是最近才有的坏习惯。到午后一时左右照例是听见了敌机马达的震响声,等这声音

将临近我们的上空了,我们就出去……于是一架、两架、三架,而一连几天了都是二十七架。于是眼见它们向北碚与重庆方面消失……不久,就紧缩着心听着远方的轰炸声……

但我却在一种始终如一的信念里,一种只能出于最高的理智和最强的情感的信念里,非常宁静地过着日子,我非常安宁地信任自己的工作,像一个天文学者信任他由于数字证明某颗行星在某个时间内一定要陨落的工作一样。

于是,我在这种信念里,显得有些庸俗地自满了。

当我戴着麦秆编的宽边的草帽,穿着草绿色的布质的退色的军裤,和缝补了好多次的白衬衫,脚上是麻质的草鞋,手上拿了一根爬山用的木杖,我常常发现自己有些可笑——这些不像那由于狂热而割伤了耳朵,又用狂热画了包扎了绷纱布的脸的自画像的,忘戴着草帽的凡·谷(Van Gogh)么?那老是用极强烈的黄色去歌赞太阳的庄稼汉?而当我走过了一片玉蜀黍的林子,又走进了一片玉蜀黍的林子,闻着被太强烈的阳光所蒸晒的干土的气息,我岂不像那可怜的朋斯(Burns)或是那些欢喜向家畜致礼的可怜的田园诗人么?

我将在这里住下去。一天,人们把我介绍给小朋友们,我曾说:"我将要向你们学习,我要向比我年轻的一代学习,因为中国假如不向年轻的一代学习是没有希望的。"这些孩子最大的不过十六七岁,但他们经历了多少的患难了啊!他们从沦陷了的家乡跑出来,尝尽了饥饿与流亡之苦……于是他们都变得很坚强,知识与能力都超过了他们的年龄所能具有的程度。

在我没有到这里来之前,我已经看过他们里面的一个孩子的诗作,那诗作,比我们每日所看到的报章杂志上的作品还要显得新鲜一点;同时,我还听说,他们里面有立志要做鲁迅和高尔基的。而我的那可怜的小诗集《北方》,他们竟每人都手抄了一本。

而更可贵的是他们对于真理的拥护的热情。他们最富有热烈的探讨的兴趣。他们常常一群一群地散坐在树木或是岩石上,在谈论着他们所接触到的新的问题。我常常担忧:我的气质和我的习惯会不会妨害他们对于我的接近?但我必须努力使自己和他们生活得和洽,至少使我成为他们的可以坦白相处的朋友。

每天黄昏时,我们散步。普式庚林我们将会多去走走,因为它离我们住的院子太近了——不,它是横列在我们住的院子前面的低地上。改天,我还想找几个小朋友帮忙搬几块石块做凳子,这样,我们岂不是可以在林子里朗诵诗人的"奥涅金"和其他的诗作么?……但是,我们不久恐要举行夏令营了,或许我们会在一个小镇的街上出壁报,贴街头诗……即使要朗诵,恐怕也将在茶馆里举行呢……

啊,我所说的太芜乱了。

6月29日,北碚乡间

阴雨的夏日之晨

◎王统照

在昨夜的大雨后的清晨,淡灰色的密云罩住了这无边的穹海。虽没有一点儿风丝,却使得人身上清爽,疏懒,而微有冷意。我披了单衫,跣足走向前庭。一架浓密的葡萄架上的如绿珠般的垂实,攒集着尚凝有夜来细雨的余点。两个花池中的凤仙花,灯笼花,金雀,夜来香的花萼,以及条形的,尖形的,圆如小茶杯的翠绿的叶子,都欣然含有生意。地上已铺满了一层黏土的苔藓;踏在脚下柔软地平静地另有一种趣味。我觉得这时我的心上的琴弦已经十二分地谐和,如听幽林凉月下的古琴声,没有紧张的,繁杂的,急促的,激越的音声,只不过似从风穿树籁的微鸣中,时而弹出那样幽沉,和平,与在幽静中时而添加的一点悠悠的细响。

少年人的思想行为固然是要反抗的,冲击的,如上战场的武士,如履危寻幽的探险者,如森林中初生的雏鹿,如在天表翱翔的鹰雕。但是偶然得到一时的安静,偶然可以有个往寻旧梦的机会,那么:一颗萋萋的绿草,一杯酽酽的香茗,一声啼鸟,一帘花影,都能使得他从缚紧的,密粘的,耗消精力与戕毁身体的网罗中逃走。暂时不为了争斗,牺牲,名誉,恋爱,悲愤而燃起生命的火焰;下了双手内的武器,闭歇了双目中的欲光,将一切的一切,全行收敛,全行平息,全个儿熨贴在片刻的心头,朦胧也罢,淡漠也罢,也像这微阴的夏日清晨,霹雳歇了它们的震声,电女们暂时沉眠而洒雨的龙女尚没曾来到,只有淡灰色的密云,罩住了这无边的穹海,一切消沉,一切安静。

前途么?只是横亘着不可数计的黑线,上面带着时明时灭的斑点,没有明丽的火炬,也没有暴烈的飓风。后顾么?过去的道途全为赤色的热尘盖住,一个一个的从来的足印深深地陷入,留下不可消灭的印痕。只有在空中,——这神秘的无边穹海里,Phaëthon① 在驾着日车,向昏迷的人间撒布焦灼焚烧的毒热。Melpomene② 在云间挥剑高歌,惊醒了欢乐的喜梦。鳌背上这小灵球儿徒生抖颤,只是甘心忍受,低首屈服,在这无边穹海的威力的压迫。它同它的子孙,那能有自由挥发,与自由解脱的能力与意志,它也同太空中个个的小灵球,忽然如在午夜中一闪微光,便从它们的姊妹行中失掉。

水是淹溺我们的,火是燃烧我们的,风是播散我们的骨头的支节与灵魂的渣滓的,地呵是覆灭我们的,……只是毁坏,破裂,死亡,一切的"无",一切的"化",一切的"到头都尽"。这其中偶然迸裂出一星两星的"生"的火星,偶然低鸣出一声两声的"爱"的曲调;偶然引导着迷惑的我们左右趔趄;偶然使得我们的心头震颤。无力的我们,便如小孩子得了带酸味的一片糖果,欢呼,跳跃,舞蹈,高歌。及至糖果尚没曾咀嚼得滋味,便与唾沫同时消尽,不曾饱满了饥饿的胃,不曾充足了雷鸣的肠腔……末后,只剩下求之不得的号泣,只剩下了过后的依恋怅惘。

---

① 法厄同。太阳神赫利俄斯的儿子,强驾赫利俄斯的神车,从天上跌下来摔死。
② 墨尔波墨涅。"众神之神"宙斯的女儿,悲剧女神。

勃来克①说:

　　长矛与利剑的战争,
　　全为露泪儿融解。

果然么? 朝露能洗涤人间的罪恶时,我愿同我的亲爱的伴侣永远生存,游戏于露泪的模糊的网中。

托尔斯泰说:

　　小鸟儿们在阴影中鼓着翅儿,唱着欢乐的空想的胜利的曲儿。高高在上的树叶儿充满了树汁,在快乐地细语,同时生动的树枝慢慢地而且庄严地在他们的人儿——消灭而死的人儿——上面摇拂。

果然么? 生与死能够这样的调谐,"死",切断一切而不感寂寞。尚有鸟儿的娇喉,尚有树枝的舞蹈,能使以这为饥饿,为不充足,为怨情,为泪,为念而死的灵魂,觉得慰安,"则死",与"生",正是一串的珍珠,应该掺合着穿在一起而挂于美丽的女郎 Hero② 的头上,与火炬的明焰与深碧的海涛相合。而借此一二个珠儿的光辉,映照着淡灰色的无边穷海的平淡。

但是露泪儿终被毒灼的日光晒干。死去的灵魂,会不会真能听到野鸟的娇歌与树枝儿的细语?

宇宙终古是被淡灰色的密云罩住,晴朗,明丽是瞬间的闪光;欢乐,狂喜,是突然的情焰的燃烧。就是这样淡漠而平静的,沉沉的如行在灰沙铺满的长途中,争与夺,爱与欲,气愤与

---

① 即威廉·布莱克。
② 赫洛与勒安德洛斯热恋,勒安德洛斯每夜越海来和她相会,某夜被汹涌的大海吞没,赫洛便以身殉情。

牺牲,都是有曲棱的尖刃,不但要切割我们的肢体,且要多流我们的热血。他们是猎人,我们是被逐的动物;他们是深坑,我们是被陷入的土块瓦砾。但……

我们的血潮,终不能静止在我们的心渊;我们的欲念,终不能如芥子之纳于须弥;我们的自由的反抗的种子,终不能使之不萌芽,滋生。一时的朦胧,一时的淡漠,更不能上寻"帝乡",永远地逃却人间的网罟。待至震雷作响时,打破了灰色的云幕,洒落下急迅猛烈的雨点,于是万马千军的咆哮,金铁击触的互鸣,我们的心火又随着电火引烧,向无边的穹海中作冲撞的搏战。于是我们便重行转入缚紧的密粘的网中去,为一切的一切而吹起战角挥动军旗,而燃起周身毛发的火焰。

露泪儿果能融解?
死亡果能以平静?

人们的思想原是在循环圈中:有时欢喜吃淡味的面饼,有时喜欢吃辛辣的食物。但平静是一时的慰安,奋动是人生的永趣。我在这夏日的清晨的淡灰色的云幕下,虽然喜慰我这心琴的调谐,但我也何尝忘却霹雳,电光的冲击。我由一杯香茗,一帘花影的沉静生活中,觉得可以遗忘一切,神游于冥渺之境,但激动的奋越的生命之火焰却在隐秘中时时燃着。

我们为消失长矛与利剑的战争,而不惜向更深更远更崎岖的山道中冒险去乞得露珠,虽然也未必真能消除人间的战争。

我们为死亡的平静,不能不先找到"生"之充实。

我们为由希望中求得丽日，求得皎月，求得灿烂的穹苍，我们不能不想冲破这样的淡灰色的云幕，——固然我们也想在这片刻中滞留在朦胧淡漠的梦境里。

坐在石廊上的竹椅上，纵横复乱地做思想之梦，似乎那些小花儿都与我点头笑语。但忽然在无尽的灰色云幕中，明光一闪，倾盆的急雨从平静的天空落下，同时我觉到身上除了清爽，疏懒，而微有冷意的感觉之外，有一股灼热的思潮从我心头冲上……

热天写稿

◎丰子恺

从夏至到现在,半个多月以来,天好像生了大病。人们相见时第一句总是"你看今天有得好些吗?"回答的大概是"不见得!比昨天更热了!"或者是"连风都没有了。"至多是"稍微好些。"寒暑表上的水银好像一个勤勉学生的争分数,只想弄到full mark[满分],或竟超出其上。

吾乡有俗语说:"陈抟老祖活了八百,勿曾见过黄梅水勿发。"可见陈抟老祖的寿命太短,眼界未广。假如他能活到今年,就说不出这句话。今年的黄梅时节,看来不是迟到,而是请假了。现在快到初伏,还是天天青天白日,浇上水去也不会落下雨来似的。河里、池里、田里,都已见底。草木禾秧快要枯死。正是"黄梅时节家家旱,枯草池塘处处泥"。

在这大热大旱的时候,我所感到困苦的,第一是笔头的易干。那枝羊毛笔必须一刻不停地工作;停了片刻,笔头上就干结,非润笔不可。只管要润笔也讨厌。于是我右手握笔,左手拿了储水的铜笔套等候着。等到停笔的时候,立刻把笔套进铜笔套管里,要写时再拔出来。然而这方法也不完全有效。到后来铜笔套管里储蓄着的水蘸干了,套了一会拔出来,笔头还是干结,写不出字。总之,在这样热的天气之下写稿,终非时时润笔不可。

润笔的地方,不外砚子和水盂。这两处的水,看似比我的笔端多得多,但也不能时时润我的笔,砚子里望去好似汪洋一片黑海,其实只有表面薄薄的一层水,底下便硬如石田了。在这样热的天气之下,这薄薄的一层墨水也很容易干燥;若是新砚子,这薄薄的一层墨水给它自己吸收还不够,哪里还有余沥来润我的笔?逢到这种时光,我只得拿笔向水盂去蘸。水盂中固然可以装很多的水,然而我的笔也不能每次蘸到。因为它的消费也很多:第一,每天被白日蒸发掉的水不少。第二,那只小猫阿花每天要来饮水一两次。这几天天气特别热,它又穿上那件翻转皮外套,热得厉害,口也渴得厉害,每天要来饮水三四次。虽然不是牛饮,但水盂的容量毕竟有限,禁不起猫饮三四次的。所以我把干结的笔放到砚子上,或者伸进水盂里,往往不得润湿,非另外设法求水不可。有时感觉麻烦不过,投笔而起,往有风的地方去乘凉了。早年没得清茶喝,喝几口南风,或者西风,也觉爽快。

在这样大旱大热的天气之下,我希望换一种无须润的笔来写稿。换用外国式的钢笔、自来水笔吗?不行!外国人用的钢笔,需要润笔尤多!在平时,写了几个字,就非伸进墨水瓶里去蘸水不可;到了这样炎热的时光,其蘸水尤勤。任凭你用最新式的波罗笔头,写了一行字笔头也就干结。而且墨水瓶中水也特别容易蒸发。蒸发完了,非出几毛大洋去另买一瓶墨水不可。用自来水笔呢,凭着笔管里暗中储蓄的效力,似觉墨水源源而来,笔头不怕不润。然而橡皮管子里储蓄容易用完,用完之后,要求吸水更多。浅浅的墨水瓶还够不上给它吸,它非沉浸在满满的墨水瓶中吸一个饱不可。况且橡皮管里储蓄着的墨水,在这几天的炎暑期中,也不能顺利供给到你的笔头上来。往往在笔头上干结而阻滞墨水的来路，教你写不出字。故在这几天写稿，中国的毛笔和西洋的钢笔，自来水笔，都时时刻刻地要润笔，都是不适用的。

我想，无须润笔的，只有铅笔或木炭。铅笔用钝了要削，仍不免麻烦。只有木炭可以爽爽快快地一直用到底，没有什么润笔，吸水等讨厌的事。我们不要那种经过许多人工或装着许多机关的笔，我们可拿农人种在堤旁的柳枝，或者木匠劈下来的木条来，教它受火的洗礼，造成一种极真率，自然，而便利的笔。用这种笔，欢喜写的时候便写，应该写的时候便写，没有笔头干结的阻碍，也没有润笔的需要，写稿真是何等爽快的事！但稿纸上这种细碎的格子必须放大或除去。否则用这种笔写字仍受拘束；不受拘束时好像一种越轨行为。

1934 年 7 月 15 日夜

今年的暑假

◎废名

我于民国十六年之冬日卜居于北平西山一个破落户人家,荏苒将是五年。这其间又来去无常。西山是一班士女消夏的地方,不凑巧我常是冬天在这里,到了夏天每每因事进城去。前年冬去青岛,在那里住了三个月,慨然有归与之情,而且决定命余西山之居为"常出屋斋"焉。亡友秋心君曾爱好我的斋名,与"十字街头的塔"有同样的妙处。我细想,确是不错的。其实起名字的时候我并没有想到许多,只是听说古有田生,十年不出屋,我则常喜欢到马路上走走,也比得上人家的开卷有得而已。今年春又在北平城内,北平有某一种刊物,仿佛说我故意住在"一个偏僻的巷子里",那其实不然,我的街坊就是北平公安局长,马路是新建的,汽车不断地来往。今年我立了一个志,要写一个一百回的小说,名曰"芭蕉梦",但只写好了一个"楔子"。我的"桥"于四月间出版,这是一部小说的一半,出版后倒想把它续写,不愿意有这么一个半部的东西,于是"芭蕉梦"暂且不表,我决定又来写"桥"。所以今年的夏天,我倒是有志来西山避暑,住在"一个偏僻的巷子里"。换句话说,走进象牙之塔。

山中方七日矣,什么也没有做。今天接到一个"讣",音乐家刘天华君于月前死去。我不知道刘君,但颇有兴致来吊一吊琴师,自古看竹不问主人,"君善笛请为我一奏",千载下不禁神往也。然而我辈俗物却想借此来发一段议论。我曾同我的朋友程鹤西君说,文人求不朽,恐怕与科举制度不无关系,就是到了如今的崭新人物,依然难脱从来"士"的习气,在汉以前恐怕好得多,一艺之长,思有用于世,假神农、黄帝之名。伯牙、子期的故事,实在是艺术的一个很好的理想,彻底的唯物观,人琴俱亡,此调遂不弹矣。我乃作联挽刘天华君曰:

高山流水不朽
物是人非可悲

1932年7月20日

夏天

◎梁容若

夏天是长大的时期,夏本来就当大讲,方言里说:"凡物之壮大而爱伟者谓之夏。"生物从小到大,本来是天天长的,不过夏天的长是跳跃地长,蹿节子地长,活生生地看得见地长。您在豆棚瓜架上看绿蔓,一天可以长出几寸;您到竹子林、高粱地里听声音,在吧吧的声响里,一夜可以多出半节。昨天是苞蕾,今天是鲜花,明天就变成了小果实。一块白石头,几天不见,就长满了苔藓;一片黄泥土,几天不见,就变成了草坪菜畦。邻家的小猫小狗小鸡小鸭,个把月不过来,再会面儿,它已经有了它妈的一半大。草长树木长,山是一天一天变丰满,稻秧长,甘蔗长,地是一天一天地高起来。水长瀑布长,河也是一天一天地变深变大。俗话说:"不热不长,不热不大。"随着太阳的增加威力,温度的增加,什么都在生长。最热的时候,连铁路的铁轨也涨长出来,把接茬地方的缝儿几乎填满。柏油路也软绵绵的,像是高起来。一过夏天,小学生有的成了中学生,中学生有的成了大学生。升级、跳班、快点儿慢点儿,总是要长。北方农家的谚语说:"六月六,看谷秀。"又说:"处暑不出头,割谷喂老牛。"农作物到了该长的时候不长,或是长得太慢,就没有收成的希望。人也是一样,要赶时候,赶热天,尽量地用力量地长。

夏天教人回到自然,从衣服解放出来,从房屋解放出来,从一切矫揉造作的生活环境里解放出来。海水浴、河水浴、大雨浇头,使我们领略一下天然水的感觉和滋味。睡在草地上、树荫下、河边、山坡,不论是枕着自己的胳膊,或是石头土块,总可以闻到泥土的真气息。在"汗滴禾下土"的时候,晒太阳才晒得真够,太阳有多么热,也可以理解到七成。十成的太阳味儿要到沙漠旅行里去享受。要是筛过帘栊窗纱,透过帷幕衣服的风,还能使我们有什么感觉呢?直直地吹来,吹到赤裸裸的胸前背后、头上脚下,风的冷热软硬才有点儿真接触。"栉风"、"乘长风"、"凌风飞"的种种比喻,才可以想象体味一下。水、土、太阳、空气是我们天天赖以生活的东西,可是不到夏天,什么都知道得不真切,什么都享受得不充分。夏天跟一切的虚伪、矫揉造作开玩笑。垫肩的衣服不好穿,假乳不好戴,浓妆艳粉,一遇到流汗,就弄得十分难看。不敢光腿光脚的人,也容易被猜想腿上脚上有瘢痕,有缺点,见不得人。一个人的美丑强弱,从夏天看,从浴场看,最容易接近真相,最没有掩饰。

夏天给人们种种磨难跟考验,训练人的耐性、智慧跟机敏。苍蝇、蚊虫、臭虫、蟑螂都在夏天大活跃。暴风雨、霹雳、冰雹也是夏天多。一不小心,就可以遭到非常的灾害。您要当农人,要防备几天的旱涝,会造成一年的歉收。一场小病,会教草吃了禾苗。您要作商人,要当心仓库货品的霉烂;码头火车上的淋雨,可以使您的血本一下赔光。您要做工人,也须预备风里雨里,叫您的建筑营造突然停止,大热大晒使您的工作效率无法估计。您要当医生,也须估计病人的"夏瘦"、"怯夏",减少了抵抗力。气候的突变,使正在恢复的病人,遭到波

折。传染病的蜿蜒,肠胃病的增加,也使得您更累更烦。你要当学生,暑假可不是休假的时候,正像传说里鲤鱼跳龙门一样,是过关前进的时机。升级考、升学考、转学考、就业考,一两天的成败得失,常常决定一个人一生的命运。耐得住磨难、经得起考验的,过了夏天,就变成了龙,夭矫地飞到天上;耐不住磨难、经不起考验的,只有碰得遍体鳞伤,血淋淋地退下来。

  过分地讴歌夏天,好像有点儿不近人情。翻过来,诅骂夏天,也是没有用的。夏是一年一回来到,不因为我们欢喜放长,也不因为我们厌恶缩短,怕也没有用,逃也脱不掉。那么还是充分地利用夏天,享受夏天,对付夏天吧!您记得诸葛孔明征南的故事吗?他选择了五月的大热天过泸水,越热越大胆,越热越硬干,越热越聪明。再想到五一是国际劳动节,五四是新文化运动纪念日,有多少伟大的事业是在热天起始的呢!夏天可不是昏吃闷睡的时候。就是高吟着"手倦抛书午梦长"的诗人,也是为了睡醒好乘凉再想点什么、写点什么吧!有一句话说:"六腊月不出门的活神仙。"那是神仙的事,不是人的事,人长腿就为了出门啊!

  夏天教我们生长;教我们率真,亲近自然;教我们克服艰难跟考验。

消夏录

◎苏青

据说夏天是宜于睡觉的,然而我不。清晨的凉爽空气从窗口透进来,我便不忍再恋床了。于是悄悄地起身,披上蓝条子浴衣,趿着软皮拖鞋出来。啊!天空是这样高高的,有稀薄的云,丝丝忽忽,飘得人心绪不定。

我住在公寓楼下的房间里,窗前有一条甬道,两旁栽着绿荫荫的树。这些树也会开花,有红有白,我不知道它的名字,也不想查植物教科书。很可惜的,孩子们为了要撷取花朵,常把树枝硬拖下去,攀折,践踏,把它们弄得凌乱了;公寓里佣人则是专营副业,有的开小吃食铺,卖面卖蛋炒饭,有的整天到晚往外跑,不知在干些甚营生,总而言之没有人管打扫等杂务就是了。

我悄悄沿着甬道走,阒无声息,不敢惊动人们的好梦。我知道这里的芳邻都是惯过夜生活的,不论春夏秋冬,总是在黄昏后打扮,叉麻将,跳舞,或者干些男男女女的事。我不能想象,在汗流遍体的夏夜,两个人不顾气味紧粘在一起有什么好处?在早晨,是他们倦极而卧的时候了,我不愿惊醒他们——一个也不愿,怕扰乱这空气的冷清。

渐渐地,东方有了曙光,人声似乎也渐渐起来了。我想起今天必须做的事,还是回房梳洗吧,但总觉得有一桩心事未了

似的,一时想不出,继而就恍然了,原来这甬道之旁充满了垃圾。我不愿轻易喊佣人来扫,一则怕着他们勉强的样子,二则不愿自己心中的一缕甜美消失得太快,同这种蠢人一交口,什么都完了;于是偷偷地我取了他们的扫帚,把落叶碎纸瓜皮等都拨在一起,聚成堆,然后溜回自己的房间里灌手去了。有几次梳洗完毕,瞧着时间还早,我不忍遽出去,只站在窗前流盼远景;直至太阳真的晒下来了,桌上满是红光,只得叹口气,无可奈何地坐上三轮车而去。

说起坐车,入夏以来我总是乘坐三轮车的。因为电车太挤,而且门前没有站,下车时也不见得马上就是目的地,两头得跑路,未免不高兴。黄包车则又是自己坐得高高的,瞧着人家汗流浃背在舍命拉跑,实在看着心有不忍。即使撇开人道主义不讲,黄包车夫在大热天边跑边喘气,后来眼看着一步懒一步了,大热太阳正对面晒着也不好受,何况这些小三子之流又常爱使牛性子,不是在四岔路口一放不肯再往前走,便是甫抵弄堂口便把车子用力一摔说:"到了,下去吧!"那时就是你存心多给钱也难以出口,结果不是大骂一场,便是忍气吞声了事,想来想去还是坐三轮车上算。

双人座的三轮车以及有一种单人三轮车都是车夫在前踏的。有一次车夫对我撒了一个屁,有一个车夫的裤腰破了,使我不禁起了恶心;从此我就专拣单人座位在前面的小车坐,则他在后面如何挥汗踏着的样我可以瞧不见,而且车身低,当它载着我在地面上如飞溜过时,仿佛一切高耸的建筑物都在云朵中飘动,两旁的树木萧萧然,路如弓形的桥,灰扑扑的,略带青色,似乎瞧不见尘埃,但却有些迷迷糊糊的。

我匆匆地办完了事,马上便回家了。夏天不宜访友,也不盼望朋友来访。在会客厅里,男人穿了长裤西装,女人旗衫烫得顶挺括的,即使有电扇也受不了,何况现在又是不准使用的,于是男的小心地挥着某某名人书写并画的大折扇,女的只把纤巧精小的檀香扇子掩口微笑,外观虽都还不错,里衣不一会就都给汗湿透了。多苦啊!我是只想脱尽了衣服只披上一件蓝条子绸制的浴衣,假如有客人,便适宜于随便谈谈,男的假如是兄弟或丈夫,也不妨让他们穿着汗背心短裤,大家最好说的是笑话,晚间则轮流讲鬼故事,大可避暑消夏。

但是我只有一个人住着,因此我便默默的。午饭我总不想吃,只吃些西瓜,或是汽水,或是冰淇淋。有时候我忽然想到营养方面去,就叫公寓里厨子做碗青菜番茄汤,略加几丝牛肉,或是虾米。吃过午饭,也不睡午觉,只把帘子统统放下来,房间里呈暗绿色,我独自铺了条草席坐在地板上,在房子正中央,瞑目端坐,像老僧入定,便觉身心清凉起来,可以不挥扇了。即使要扇也应摇得轻而且缓,我顶不赞成起劲挥扇,又吃力,有时反而更加热燥,终于手臂也酸起来了。

我静坐着,有时也颇多诗意的幻想。但是我不愿即写,夏天写文章是辛苦的,而且自己相信一定写不好。我只是想着,不久就忘了,虽有些可惜,但亦始终听它去。我不想钱,不想爱。夏天只是一个人的,静而悠闲,到了秋冬再为生活而劳作吧!

朋友介绍我看《孤星泪》,我买了本,放在书桌上,隔天替它拭去灰尘,但却始终不翻阅。夏天只宜读短的散文,普通小说已嫌腻烦,更何况是长篇外国文的?留待秋凉后再说吧,傍晚浴后我坐靠窗的沙发上,觉得外面太嘈杂,仿佛天空也给嚷得混乱了。云霞淡星与落日凑在一起,压得低低的,就像在头顶,我不愿让日光与它们再接触。于是垂下花网巾的长窗帘,

我只随手拿起本诗集来低吟,自己听自己的声音,觉得念王渔洋的秦淮杂诗时像正旦,念杜甫的秋兴八首时像老生。

晚饭时我颇希望有人来谈谈,但结果常不能如意,也决不去邀约人家。独自吃完了晚饭,汗又流出来了,就用滚烫的热水揩了上下身,换套薄纺绸绣花睡衣裤,绣的是累累结实的紫胡桃,我常站立在穿衣镜前自己端详着,颇引起食欲。可惜附近没有新鲜的水果买,有时我颇想起外婆家的水蜜桃,刚从山上采来,毛茸茸的一层薄皮紧包着绿油油的桃肉,险些儿捏出一股水汁来,甜而鲜美的奉化土产呀。有时我也想到木莲子结的凉食,乡下人不会讲究,用大木桶盛着,各人拿小洋盆舀来喝,加上黄糖水及薄荷汁,每当我凑到唇边时外婆总要再替我放上一把洋白糖,那是特别的待遇,因为我是她们最宠爱的小宝贝哩!

现在一切亲爱的人都远了,甚至于虐待过我的人也离开,世界上就只剩下自己孤零零的一个。我不敢想起,当午夜空袭警报鸣起来的刹那,觉得生命财产以及著作一切都要完结了,没有人听我一句遗言,死得多空虚。几个人同死虽也不能互相分担些肉体上的痛苦,但在精神上总该有帮助的,你瞧着我,我瞧着你,轰的一声,大家跟着炸弹开花了,也罢!——然而这房间里再也找不出别人,四周灯光全熄了,漆黑一片,无底的恐怖哪!

幸而,我们公寓里有个宁波仆欧,他是专值警报班的,天热睡在后天井中,鸣声一起他便得赶紧爬起来,一面嘴里喃喃地骂,骂的都是顶下流的宁波土话,使我如归乡里,如依亲邻,觉得就是马上给炸死也可魂魄有傍靠了,我的心于是安定下来。世界上至少有一个人,还有一个人在我的附近存在着啊!

夏天

◎汪曾祺

夏天的早晨真舒服。空气很凉爽,草上还挂着露水(蜘蛛网上也挂着露水),写大字一张,读古文一篇。夏天的早晨真舒服。

凡花大都是五瓣,栀子花却是六瓣。山歌云:"栀子花开六瓣头。"栀子花粗粗大大,色白,近蒂处微绿,极香,香气简直有点叫人受不了,我的家乡人说是:"碰鼻子香"。栀子花粗粗大大,又香得掸都掸不开,于是为文雅人不取,以为品格不高。栀子花说:"去你妈的,我就是要这样香,香得痛痛快快,你们他妈的管得着吗!"

人们往往把栀子花和白兰花相比。苏州姑娘串街卖花,娇声叫卖:"栀子花!白兰花!"白兰花花朵半开,娇娇嫩嫩,如象牙白色,香气文静,但有点甜俗,为上海长三堂子的"倌人"所喜,因为听说白兰花要到夜间枕上才格外地香。我觉得红"倌人"的枕上之花,不如船娘鬓边花更为刺激。

夏天的花里最为幽静的是珠兰。
牵牛花短命。早晨沾露才开,午时即已萎谢。
秋葵也命薄。瓣淡黄,白心,心外有紫晕。风吹薄瓣,楚

楚可怜。

凤仙花有单瓣者,有重瓣者。重瓣者如小牡丹,凤仙花茎粗肥,湖南人用以腌"臭咸菜",此吾乡所未有。

马齿苋、狗尾巴草、益母草,都长得非常旺盛。

淡竹叶开浅蓝色小花,如小蝴蝶,很好看。叶片微似竹叶而较柔软。

"万把钩"即苍耳。因为结的小果上有许多小钩,碰到它就会挂在衣服上,得小心摘去。所以孩子叫它"万把钩"。

我们那里有一种"巴根草",贴地而去,是见缝扎根,一棵草蔓延开来,长了很多根,横的,竖的,一大片。而且非常顽强,拉扯不断。很小的孩子就会唱:

　　巴根草,
　　绿茵茵,
　　唱个唱,
　　把狗听。

最讨厌的是"臭芝麻"。掏蟋蟀、捉金铃子,常常沾了一裤腿。奇臭无比,很难除净。

西瓜以绳络悬之井中,下午剖食,一刀下去,喀嚓有声,凉气四溢,连眼睛都是凉的。

天下皆重"黑籽红瓤",吾乡独以"三白"为贵:白皮、白瓤、白籽。"三白"以东墩产者最佳。

香瓜有:牛角酥,状似牛角,瓜皮淡绿色,刨去皮,则瓜肉浓绿,籽赤红,味浓而肉脆,北京亦有,谓之"羊角蜜";蛤蟆酥,不甚甜而脆,嚼之有黄瓜香;梨瓜,大如拳,白皮,白瓤,生脆有梨香;有一种较大,皮色如蛤蟆,不甚甜,而极"面",孩子们称之为"奶奶哼",说奶奶一边吃,一边"哼"。

蝈蝈,我的家乡叫做"叫蛐子"。叫蛐子有两种。一种叫"侉叫蛐子"。那真是"侉",跟一个叫驴子似的,叫起来"咶咶咶咶"很吵人。喂它一点辣椒,更吵得厉害。一种叫"秋叫蛐子",全身碧绿如玻璃翠,小巧玲珑,鸣声亦柔细。

别出声,金铃子在小玻璃盒子里爬哪! 它停下来,吃两口食——鸭梨切成小骰子块。于是它叫了"丁零零零"……

乘凉。

搬一张大竹床放在天井里,横七竖八一躺,浑身爽利,暑气全消。看月华。月华五色晶莹,变幻不定,非常好看。月亮周围有一个模模糊糊的大圆圈,谓之"风圈",近几天会刮风。"乌猪子过江了"——黑云漫过天河,要下大雨。

一直到露水下来,竹床子的栏杆都湿了,才回去,这时已经很困了,才沾藤枕(我们那里夏天都枕藤枕或漆枕),已入梦乡。

鸡头米老了,新核桃下来了,夏天就快过去了。

苦夏

◎冯骥才

这一日,终于撂下扇子。来自天上干燥清爽的风,忽吹得我衣飞举,并从袖口和裤管钻进来,把周身滑溜溜地抚动。我惊讶地看着阳光下依旧夺目的风景,不明白数日前那个酷烈非常的夏天突然到哪里去了。

是我逃遁似的一步跳出了夏天,还是它就像七六年的"文革"那样——在一夜之间崩溃?

身居北方的人最大的福分,便是能感受到大自然的四季分明。我特别能理解一位新加坡朋友,每年冬天要到中国北方住上十天半个月,否则会一年里周身不适。好像不经过一次冷处理,他的身体就会发酵。他生在新加坡,祖籍中国河北;虽然人在"终年都是夏"的新加坡长大,血液里肯定还执著地潜藏着大自然四季的节奏。

四季是来由于宇宙的最大的拍节。在每一个拍节里,大地的景观便全然变换与更新。四季还赋予地球以诗,故而悟性极强的中国人,在四言绝句中确立的法则是:起,承,转,合。这四个字恰恰就是四季的本质。起始如春,承续似夏,转变若秋,合拢为冬。合在一起,不正是地球生命完整的一轮?为此,天地间一切生命全都依从着这一拍节,无论岁岁枯荣与生死的花草百虫,还是长命百岁的漫漫人生。然而在这生命的四季里,最壮美和最热烈的不是这长长的夏么?

women孩提时的记忆散布在四季;男人们的童年往事大多是在夏天里。这由于,我们儿时的伴侣总是各种各样的昆虫。蜻蜓、天牛、蚂蚱、螳螂、蝴蝶、蚂蚁、蚯蚓,此外还有青蛙等等。它们都是夏日生活的主角;每种昆虫都给我们带来无穷的快乐。甚至我对家人和朋友们记忆最深刻的细节,也都与昆虫有关。比如妹妹一见到壁虎就发出一种特别恐怖的尖叫,比如邻家那个斜眼的男孩子专门残害蜻蜓,比如同班一个最好看的女生头上花形的发卡,总招来蝴蝶落在上边;再比如,父亲睡在铺了凉席的地板上,夜里翻身居然压死了一个蝎子。这不可思议的事使我感到父亲的无比强大。后来父亲挨斗,挨整,写检查;我劝慰和宽解他,怕他自杀,替他写检查——那是我最初写作的内容之一。这时候父亲那种强大感便不复存在。生活中的一切事物,包括夏天的意味全都发生了变化。

在快乐的童年里,根本不会感到蒸笼般夏天的难耐与难熬。惟有在此后艰难的人生里,才体会到苦夏的滋味。快乐把时光缩短,苦难把岁月拉长,一如这长长的仿佛没有尽头的苦夏。但我至今不喜欢谈自己往日的苦楚与磨砺。相反,我却从中领悟到"苦"字的分量。苦,原是生活中的蜜。人生的一切收获都压在这沉甸甸的苦字的下边。然而一半的苦字下边又是一无所有。你用尽平生的力气,最终所获与初始时的愿望竟然去之千里。你该怎么想?

于是我懂得了这苦夏——它不是无尽头的暑热的折磨,而是我们顶着毒日头默默又坚忍的苦斗的本身。人生的力量全是对手给的,那就是要把对手的压力吸入自己的骨头里。

强者之力最主要的是承受力。只有在匪夷所思的承受中才会感到自己属于强者,也许为此,我的写作一大半是在夏季。很多作家包括普希金不都是在爽朗而惬意的秋天里开花结果?我却每每进入炎热的夏季,反而写作力加倍地旺盛。我想,这一定是那些沉重的人生的苦夏,煅造出我这个反常的性格习惯。我太熟悉那种写作久了汗湿的胳膊粘在书桌玻璃上的美妙无比的感觉。

在维瓦尔第的《四季》中,我常常只听"夏"的一章。它使我激动,胜过春之蓬发、秋之灿烂、冬之静穆。友人说夏的一章,极尽华丽之美。我说我从中感受到的,却是夏的苦涩与艰辛,甚至还有一点儿悲壮。友人说,我在这音乐情境里已经放进去太多自己的故事。我点点头,并告诉他我的音乐体验。音乐的最高境界是超越听觉;不只是它给你,更是你给它。

年年夏日,我都会这样体验一次夏的意义,从而激情迸发,心境昂然。一手撑着滚烫的酷暑,一手写下许多文字来。

今年我还发现,这伏夏不是被秋风吹去的,更不是给我们的扇子轰走的——

夏天是被它自己融化掉的。

因为,夏天的最后一刻,总是它酷热的极致。我明白了,它是耗尽自己的一切,才显示出夏的无边的威力。生命的快乐是能量淋漓尽致的发挥。但谁能像它这样,用一种自焚的形式,创造出这火一样辉煌的顶点?

于是,我充满了夏之崇拜!我要一连跨过眼前的辽阔的秋,悠长的冬和遥远的春,再一次邂逅你,我精神的无上境界——苦夏!

绿风

——《我的树》之三

◎陈忠实

　　大约是十年前的那个夏天的末尾,即我下决心从都市返归故居的那一年,据说是关中几十年不遇的一个湿夏。这一年的麦子被连绵不断的淫雨浸泡得在麦穗上又发出绿芽来,稀泡泥泞的麦田里,农人无法挥动镰刀收割已经熟透已经发霉已经出芽的麦子。阴雨持续到夏末,满川已是一片绿色的包谷谷子和棉花,阴雨还在持续着,往常的百日大旱变成了百日阴雨,农家用石头和土坯垒筑的猪舍和茅厕十有八九都倒塌了,猪们便满村满地乱跑乱拱,人的鼻洼眼坑里都长出霉点绿苔了。

　　那天晚上交过子夜睡得最酣的时刻,一声天崩地裂似的响声震得我从被窝里蹦起来,坐在炕上足足昏厥了五分钟。天塌了? 地震了? 我是否还活着? 当我肯定并没有发生这样的灾难的时候,也就判断出来后院里可能有小的灾变发生。我打着手电筒出了后门,后坡上滑坡了,幸亏滑塌的泥浆土方不大,否则我早已在酣睡中被泥浆葬埋了——我祖居的房根距后坡充其量不过十米。

　　我吓得再也无法入睡,坐等到天明一看,才真正地惊恐了。绿草和树木全部倾覆在后院里,和泥浆石头搅缠在一起。

坡上竟是一片白花花的沙石鹅卵石堆积起来的沙坡。我从有智能的年岁起,就记得这后坡上长满了迎春花,每年春天便率先把一片金黄的花色呈现给世界也呈现给父亲。父亲年年都要说一句:迎春花开了!然而父亲也说不清是我们家族的哪一位祖宗栽植的,反正整个后坡上都覆盖着迎春花的厚茸茸的枝条,花丛中长着一些不能成材的枸树榆树和酸枣棵子。现在完了,整个都完了,什么树什么花什么草全都滑塌下来,和泥浆砂砾搅缠堆积在坡根下捂死了。陡坡上也不知被掩盖了几千年乃至几万年的砂砾重新裸露出来,某种史前的原生原始的气韵瞬间使我感觉到一种莫名的畏怯。我联想到被剥掉了衣服刮光了皮肉的一架骷髅,这骷髅确凿又是我们祖先我们家族里男人的骷髅……一种从家族墓穴里透出的幽冷之气直透我的骨髓。

我在那一刻便想到了覆盖,似乎不单是覆盖那一片史前的砂砾,而是把家族的早已腐蚀净尽血肉的骷髅覆盖起来。我要栽树,植草,然而须得等到秋后。

树叶落光白露成霜的秋末冬初是植树的好时节。我到山坡上挖了十余株野生的洋槐树,很随意地栽下了。所以随意,是我深知洋槐树生存能力特别强,一般树难存活的贫瘠干旱的石山河滩都能繁衍它的族类。然而我也不能太随意,在那很陡峭的沙坡上挖下坑,再给坑里回填上肥沃的一筐黄土,以便它能扎根。我相信,在这一堆黄土里扎下根来,它就可能再把它的根一寸一寸一尺一尺地伸向砂层。

当这一批指头粗细的小洋槐绽出绿叶的时候,我又忍不住浮想联翩。一束一束鲜嫩的绿枝绿叶亭亭于沙坡上,一种最悠远的古老和新近的现实联结起来了,骷髅和新生的血脉勾连起来了,生命的苍老和生命的鲜嫩融合起来了……无法推演无法判断家族悠远的历史,是一个从哪儿来的什么样的人在这里落脚或者可能是落草?最先是在山坡上挖洞藏身还是在河滩上搭置茅草棚?活着的最老的一位老汉只记得这个家族出过一位私塾先生,"字写得跟印出来的一样"。这位先生可能是近代以来家族中最伟大的一位,因为后人只记着他和他的字并引以为骄傲……整个家族的历史和记忆全部湮没了,只有一位先生和他写的一手好毛笔字的印象留传,家族没有湮没的竟然只是一个会写字的先生。

洋槐很快就显出了差异,栽在坡根下有黄土的一株独占优势水肥,越往高处的树苗就逐渐生长缓滞了,尤其是最顶头的那一株,在抽出最初的几片叶子之后便停止了生长。直到随之而来的伏旱,我终于惊讶地发现它的叶子蔫了。我想如果再旱下去,不过三五天它就会死亡,便提了半桶水爬上坡顶,那水倒下去像倒入一个坑洞,然而那叶子就在眼皮下重新支棱起来了……这株长在最高处也是砂层最厚的地方的洋槐苗子,终究无法蓬勃起来。几年过去,最下边的那棵已经粗到可以作椽子了,而它却仍然只有指头粗细。那里没有水。它完全处于饥渴之中。在濒临旱死的危亡时刻,我才浇给它半桶水,而且每次都要累出我一身汗。然而它毕竟活下来了。

活下来就是胜利。它和其他十余棵洋槐苗子并无任何差异,在我从山野把它们挖出来移栽到我家后坡上的时候,它们自身仍然没有任何差异,只是我移栽的生存条件发生了巨大的差别,它们的命运才有了天壤之别。最下边在坡根下完全植根于肥沃土壤的那一株自然很欢势,我也最省事,从来也没给它浇过一滴水。而最上边的那一棵生存最艰难,我甚至感

伤无意或者说随意选中它植于这块缺水缺肥几乎没有生存条件的地方真是亏待了它,把它给毁了,它本来也应该有长成一棵大树的生存权利的。然而它也给我以启迪,使我理解到一种生命的不甘灭亡的伟大的顽强。

这个启示是前年初夏又加深了的。那些洋槐已经成为一片林子,它们的各种形态的树冠在空中互相掺接,形成一个巨大的绿盖,把那史前沉砂严密地覆盖起来,那沉砂上也逐年落积了一层或薄或厚的黄土,各种耐旱的野草已形成植被,只有少许几坨地方像秃疤裸露。五月初,我的后坡上便爆出一片白雪似的槐花,一串串垂吊着,蜜蜂从早到晚都嗡嗡嘤嘤如同节日庆典。那悠悠的清香随着微微的山风灌进我的旧宅和新屋,灌进大门和窗户,弥漫在枕头床被和书架书桌纸笔以及书卷里。我不想说沉醉。我发觉这种美好的洋槐花的香气可以改变人的心境,使人从一种烦躁进入平和,从一种浮躁进入沉静,从一种黑暗进入光明,从一种龌龊进入洁净,从一种小肚鸡肠的醋意妒气引发的不平衡而进入一种绿野绿山清流的和谐和微笑……尤其是我每每想到这槐香是我栽植培育出来的。

最上边的那一棵没有开花。我根本没有对它寄托花的期望,它能保住生命就很不容易了,它保存生命所付出的艰辛比所有花串儿繁密的同族都要多许多。前年春天我回家去,我惊喜地发现它的朝着东边的那根枝条上缀着两朵白花,两朵距离很大而不能串结成串儿的花。我的心不由地微微悸动了,为了这两朵小小的洋槐花而悸颤不止。它终于完成了作为一种洋槐树的生命的全过程,扎根,绿叶,青枝和开花,一种生命体验的全过程,而且对生存的艰难生存的痛苦的体验最为深刻。我俯身低头亲吻了这两朵小花,香气不逊于任何别的一树。

每有风起,这片洋槐组成的小森林便欢腾起来,绿色的树冠在空中舞摆,使我总是和那海波海涛联系起来。是的,绿色的波涛汹涌回旋千姿百态风情万种,发出低吟响起长啸以至呐喊,都使我陷入一种温馨一种激励一种亢奋。每有骤雨降临,更有一种呼啸与喧哗,形成一种翻江倒海的巨声,使人感到恐怖的同时又感到一种伟力。那风声雨声和整个村庄的树木群族不可分割地融汇在一起。每当风和日丽,我在写作疲惫时便走出后院爬上后坡,手抚着那已经粗糙起来的树干倚靠一会儿,或者背靠大树坐在石头上抽一支烟,便有一种置身森林的气息。旱薄荷依然有薄荷的清香,腐烂的落叶有一股腐霉的气味。我的小森林所形成的绿色的风,给我以生理的和心理的调节;而这种调节却是最初的目的里所没有的。

五月午雨

◎江矢

当一重白色的帷幕,在滇池上落下的时候,年迈的西山便好像支不住五月的闷热而溶入午睡;又像溽暑的晨梦的痕迹,消失在净白的窗纱上。湖上此时还剩有几片寥落的风帆,像窗纱上几个昨夜追求灯光的虫儿,背负着它们偶然未解答的生命的谜语,没有被曦光惊动,静静地憩息着。

从远空中传来一阵的雷声,撼动了干涸的大气。这心悸似的撼动,穿过深黑的柏树林子和刈去了豆麦灰褐的田野;奔入东方白云浮系的山谷,没有回响。这时候在死也似的静寂的大地上,古柏树的林中,有一种刺耳的嘶声,发自一辆满载着麦秆或豆萁的牛车的轴中。一个脸纹太不符年龄的农夫,驱赶着牛车向湖畔的村落。

灰黑色雨云的边缘,不可见的速度,涌过了半个蓝空;更涌上了农夫的心头,使他失却了平时的惰性,不歇地挥着鞭,喔着口哨,催促那从不认识匆忙的老牛——虽然殷殷的雷声,也使它有些吃惊而摇动它狐手套花似的耳朵。

灰黑色雨云,以急迫的心情吞噬着剩余的蓝空,吞噬着农夫心中的希望。

突然有风摆动在柏树巅上;又立刻像无形的鹰翼,冲下地面,在土路上,卷起一个无终始的尘土行列。乌鸦成群地从树上扬起,又落下;有的像黑色的落叶,被风卷到另外一个林子。牛车轴辙中的嘶声变得低哑而脆薄。

农夫伛下了前身,扶住了老牛的勒子,放弃了他的嘘喊和鞭策。因为无可幸免的不幸,正在一步步逼近之中;殉难者的相怜,已升起在他的心底。他用握着鞭子的手,擦着沙迷的眼睛,望一望湖边已盖入那无限庞大的帷幕中的家屋。他仿佛看见土墙茅顶覆荫下的妻子儿女,正在忧虑这原始的建筑会突然崩塌;同时还顾念着在田间的满载着农作的牛车。

几颗硕大的雨点,以闪电似的速度,出现在柏树深黑的背景上;打落地面以清脆的碎响。

再没有从容的时间,给人去做一个最短的想念:无量数的雨点,已出现在黑色的柏树背景上,击碎在四周。最初曾扰起一层尘,而立刻又消灭。雨点冲击地面形成一种噪音,像无数没有喘息没有节奏的小鼓,充满着残酷蛮横无意识的感觉。跟着有一连串闪电,掣过树梢;掣过小山,以坚木折裂似的脆声,夹击着大地。噩梦似的惨白色,攀住了一切的轮廓:农夫,老牛,深黑的柏树,灰褐的田野,和从古远的祖先遗下牛车的木轮,完全溶化入了这白色的天地契吻。

在这狂乱的宇宙的涡流中,一切界限失却了。在这无限深度的白色中,只有一个自我,虽然喧声大过一切,而心灵却变得异常宁静,听肉体在竭力厮斗。

乱动的季节,似乎已感到疲乏而松懈了。

一种缓缓来临的宁静,像从圣母手指中滴下的祭水,无形地注入期待的心中。随着雷声的偃息,这巨大的帷幕,也渐渐地变得透明而细致了。

柏树林子又呈现出来了,在它枝丫间的远空中,透露出一种粉红色的光辉;从濛混而慢慢澄清,沉淀出一片蔚蓝的天空,深远无际。此时空气中余留的水分里,还可以嗅到雷鼓的气息。

大地染上了无比肃穆的绿色,静躺着,如铺展着一章古代哲人的诗篇。

牛车已经赶过长堤,被污泥没却了一半的木轮,还发着它不变的嘶声,以保持的速度滚进着。农夫又在用握着鞭子的手,披开前额的湿发。一双经了一回冲刷后的明亮的眼睛,望着扩大的家屋,和在结晶似的蓝空里,回翔着的信天翁银翅,自语着:

"五月,这是五月。"

夏

◎于黑丁

又是夏天了。

然而,一到夏天,我这疲倦、寂寞、残败的心,不禁又要被那遗失的山野的旅梦而烦扰了。

想起那蒙蒙的无边无际的山,山上的高耸遮天的繁密的森林;想起那狭小的原野,原野上的葱葱的绿草、郁郁的灌木丛;还有哪,那日夜喘息着的有如歌声一般的淙淙的额尔古纳河的流水,这些,这些,如今犹鲜明、活跃,那么逼真地又开始演映在我心灵的眼界里。

我凄然地憧憬于北荒的清旷了。

也是一个夏天的季节,那时我已经是一头沙漠上的跋涉的骆驼了。我唱着忧郁的歌。我终于寻到一个旅伴。这旅伴,是一个性格刚强的青年,这和我恰恰成了正比。论经验,他在这广大的社会所遭受的一切苦痛、冷漠和迫害要比我多。因此,他的面孔在青春的烈火中已经罩上一层黯然苍老的灰影!

我们无所牵挂地在旅途上跋涉着。我们握着唐·吉诃德的长矛,在向前冲着。

流落在扎赉诺尔。

我们栖居在一家靠近河边的僻静的旅店里。寂寞简直压得我们透不过气来。每天只是瞅着那开往西伯利亚大野去的火车,做着辽远孤独的幻想。有时,我们站在铁道旁边的草原上,挥摇着手,提高喉咙,朝向喷着浓烟的火车头鼓舞地喊:

——去吧,去吧,到那光明和平的远方去吧!

但火车回应了我们几声响亮哄笑,xunglung xunglung 地一直向远方的山林里疾驰隐没了。

我们眼前像呈现出一片沙漠!

两个人孤零零地徘徊在草原上。

——我们不要再停留在扎赉诺尔吧,这也是一个会饿死人的地方呵!

我终于悲哀地这么说。

——是的,就为了逃避那个店主催逼店钱,也该早早离开这里。其实,像我们这样的人,手里没有钱,还是多跑几个地方,开开眼界,脸皮晒得黑黑的,胆子壮得大大的,心练得硬硬的……

——那么,我们想什么办法能够逃出旅店?

——我的意思,干脆不要那个小行李卷吧,出了门不回来好不好?

我迟疑了片刻,望着那布满流云的天空。但,流云是低低的,我觉得它离我头顶没有多远。我呼吸迫促。我弯下腰去,伸手抓了一堆长得毛茸茸的草苗。我颓然地仰起脸,瞅了瞅他。我又凄苦地微微笑了笑,而且困涩地说:

——假若气候骤然变冷了,你的身子能够抵抗住这北荒的寒风的侵袭吗?

——呵,这不是夏天吗?天气会渐渐热起来。

他有些朦胧了。

——我们一旦逃出扎赉诺尔,再往什么地方去?

——往不知去向的地方去!不管什么地方,只要生命会得到安宁,我们就往前走!假若旅途上没有意外的事情发生,到了漠河,我们可以去当矿工,那里有金矿,你说行不行?

——那当然是再好也没有了。

我高兴地笑着。我拍了拍他的肩膀头,神气十足,抱着试探的心理用手猛力抓了抓他的胳膊,又抓了抓他的大腿,呵,他的筋肉确实比我的筋肉结实、粗壮、有力。于是我笑着说:

——你行,可以干得来!

这是一个最低限度的计划。

第二天。在太阳露着笑脸而遍照着山野的晨霭里,我们终于摈弃了那不值钱的小行李卷,悄然地离开了扎赉诺尔。

在弥漫着六月的野草的香气的山路上赶着路,我们没有怠惰,也没有失望。山岭、河流、小溪、树林、草丛像是故意和我们开玩笑似的在身旁一倒一闪直往后退缩。只消有几个钟头,偶然回转过头去向远处一眺望,它们却依稀地像是沉于迷茫的雾影中了。

我们很快乐,山路一片清静,没有任何喧嚣的声音来烦扰我们的心。除了那幽虫的凄鸣,林鸟的欢唱,以及狐狸、兔子的跳动在拨弄着树叶子发出细碎的声音,再就是可以清晰地听到我们移动的脚步的音律了。

而这山岭、河流、小溪、树林、草丛、幽虫、林鸟、狐狸、兔子,却成为我们忠实的旅伴了。我们在它们的拥护下,每天,每天,向前奔走。

渡过海拉尔河,那山野更其广漠了。

我们的心也随之而豪放。

但,疲累、饥饿、病患,也渐渐把我们的健康像推进一个恐怖的黑海里。微冷潮湿的雾,如同一面大灰网,覆盖着广大的山野,一连竟有半月的光景给我们以迷惘的感觉。我们像迷了路一样开始踌躇了。这其间我们曾停留在山野的人家休息过几天。可是,当健康重新恢复过来,两条腿也如原先一样敏捷、舒展了。而当脚趾一个一个发白的磨泡消逝后,我们便又踏上了山路。我们在额尔古纳近旁一带窄狭的幽暗潮湿的山谷里迈着步。每次经过一个小市镇,我们便用不同的手段,到处骗取了一文钱不花的最便宜的住食。这情形在我们似乎成为习惯了,一点也不觉得这是人间一件最不道德的勾当!只要有房可住,有饭可吃,我们是万万不能丢掉这个好机会!

我们最爱黄昏。

天空涂抹了一片暗紫色的彩霞。轻薄的西斜的阳光,从群山怀抱中间穿过来,照着额尔古纳河的水,闪出一片鱼鳞似的金光。那水缓缓地流着,发出音乐般的声音。河岸上丛茂的青草,在六月的不冷不热的季节里滋生着,活跃地随风摇动着。四野里散放着一股清新的馥郁的气息。

我们也爱夜晚。

山野死静得犹如一匹懒倦的睡猫。远处的篝火在黑暗的山林里一闪一闪,像一盏一盏半明不灭的灯光,又像一口熊熊的烘炉,清脆的干柴的燃烧声,听来活像那被投进锅里的黄豆,烘炒着到了纯熟而爆裂的时候所迸发出的 bigs bigs 的声音。北荒的夜晚,有着一种耐人寻味的情调呵!

一天,黄昏随着夜晚的翅翼渐渐沉落了。山路完全变成了黑暗。我们脸上流着汗,慌忙地朝着狗声的所在奔走着。

忽然,在路旁的山坡上出现了一群白色的羊群,系在羊颈上的铃子,在微风中轻轻摇响。那羊咩咩地叫着,在蔓延的丛莽里钻动着,但没有看管羊的人。

当羊群走上我们所走的路,那沉静的丛莽里突然像有人摇着树枝发出哗啦哗啦的响声。于是,一个黑的人影子便迅速地追来了。

这是一个牧羊女。

——请问,前边的村落叫什么名字?

我们站下。我的旅伴靠近她,温和地小声问。

她惊奇地叫了:

——呀!

她用黑的眼睛,瞅着我们的黑的面孔。沉默了片刻,怯然地说:

——你们是问我们的村子吗?叫鲁雅齐。你们从那……

——我们是赶路的,从扎赍诺尔来,要往漠河去。天黑了,我们再不能往前走了,想到你们村住一夜。

我笑着说。

——呵,可以,不过……

她刚想说下去,把脸一歪,望了望她的羊群已经没有影了,便着急地又说:

——呵呀,我的羊走远了!好的,好的,那么,你们跟我走吧,去见我爸爸!

从她说话的声音,从她的动作,我看出她年龄最大也不过十七八岁。

追上她的羊群,我辩白似地说:

——我们都是正经人,不会偷,也不会抢,这你可放心。

——嗯嗯,这说哪里话,像你们常年在外边跑腿的人,也做不出这种事情来!

走进鲁雅齐,那升起的圆圆的月亮的光辉,已泻遍村落的四周……

在这煤烟缭绕和市声喧嚣的大都会里,每天被那不能养活一家三口人的几块钱收入的小工作所折磨,我的心压满了深的忧郁,没有一天的快乐笑脸。我失掉了自由,看不到山野,看不到草原,更看不到生命常绿的树林。夏天的烦闷的气味窒息着我的鼻孔,我伤愁地倾听着梅雨的潇洒!

于是,我又热烈地思恋起北荒的流浪的夏天了!

1936年,夏,上海

夏天

◎北岛

醒来,远处公路上的汽车像划不着的火柴,在夜的边缘不断地擦过。鸟嘀咕,若有若无,破晓时变得响亮。白天,大概由于空旷,声音含混而盲目,如同阳光的浊流。邻居的风铃,时而响起。今年夏天,我独自留在家中,重新体验前些年漂泊的孤独。一个学习孤独的人先得有双敏锐的耳朵。

大学生们都回家了,小城空空荡荡。这是一年中难得的时光。酷暑只虚晃一枪就过去了。无雨。刚写完这一行,天转阴,下雨了。这是入夏头一场雨。

我每隔一天去锻炼身体,三年来,这已成了我生活的一部分。健身俱乐部在城东,我住城西,城小,开车不过十分钟,这家俱乐部设备齐全,一周七天每天二十四小时开门。不一会儿工夫,我已大汗淋漓,环顾天花板上巨大的通风管道、四周的落地玻璃镜和锃光瓦亮的健身器械,还有那些在重力挤压下纵横移动的少男少女。看来人的精力总得有个去处,特别是在二十郎当上,否则革命、暴动或犯罪是不可避免的。

我回到杠铃前,又加了十磅,连举几下。有人跟我搭话,是个高大结实的白人小伙子,他自我介绍,叫乔(Joe)。而我的名字太难,在他的舌尖上滚了几下,滑落。"你练了几年了?"他问。"三年。""从多少磅开始的?""一百。"我注意到他

胸前的牌子:私人教练。"你现在只举到一百三十。"他摇摇头。"你想不想块头大点儿?""当然。""你闭上眼,"他做了个催眠的手势,"想象自己会有多壮。"我迟疑了一下,闭眼,想象变成他那样。

我刚睁眼,他又说:"再闭上,把你想象得更壮些。"这回闭眼,我把自己吹得更鼓些,有点儿变形,像健美画报上的明星。"好了,你准能成为想象的那样。"他拍拍我的肩膀,"在这儿,我是最棒的,可以给你提供免费的训练。"

我有一张不太严格的时间表。早饭后,读一小时的英文杂志,然后开始写作,到中午。午饭很随便,用冰箱里的剩菜煮碗面条,就着啤酒以及当天的报纸邮件一起顺下去。这样会导致消化不良,尤其是报纸上的那些坏消息。于是午睡。这在美国,是生活在"体制"外的人的特权。下午或去健身房。或读读英文小说。我正读的这本叫《坏的爱情》。那的确很坏,和爱情无关,讲的都是犯罪心理。带着这种犯罪心理做的晚饭,别有滋味。天黑前,得花点儿功夫在院子里,剪枝、浇水、拔草。玫瑰今年开得发疯,那似乎是一种抱怨,被忽视的抱怨。我小心绕开蛐蛐和蜗牛,别踩着它们。小时候令我癫狂的蛐蛐,如今横在路上,赶都赶不走。晚上最轻松,我几乎每天去租盘录像带,这是美国生活必不可少的部分。辛苦一天的美国人,只有经过充满惊吓、诱惑、欺骗、折磨的地狱之行才能入睡。晚安,美国。

我按约定时间,在俱乐部转了一圈,不见乔的踪影。他迟到了半个小时,气喘吁吁地向我解释:"堵车,你知道,可怕,总是这样……"没关系,再约时间,第二次我迟到了二十分钟,气喘吁吁地向他解释:"上学,你知道,没辙,得通过英文考试……"好,现在开始。先做准备活动,再赶鸭子上架。举重从一百二十磅开始,最后加到一百八十磅。我像个柠檬被彻底榨干。不停地喝水,无济于事。乔用尽英文中最美好的词来鼓励我,让我受宠若惊。同时也警告我:"我最恨别人说我做不了。"在最艰难的时刻,我咬紧牙关,也没敢说出这句听起来挺有人情味的话。最后他握着我的手,说:"你行,看见没有?你举的超过了你体重的三十磅。"

他把我带到用隔板隔开的办公桌前,问我对训练有何感想。我也用尽了英文中最美好的词。他点点头,拿出一张训练计划,问我是否愿意继续下去。我说当然没问题即使赴汤蹈火……

我突然煞住,这玩意儿别又得掏腰包吧?他翻过训练计划,背后果然是价目表。我傻了眼,想撤,已经太晚了。他申明大义,晓以利害;我鼠肚鸡肠,斤斤计较——最后达成妥协,他慷慨大方,在原订六次的训练计划上再加两次,这两次是免费的;我财迷转向,攥着一张三百三十美元的收据出了门,半天才找到汽车。

天空是一本书,让人百读不厌。我喜欢坐在后院,看暮色降临时天空的变化。我想起那年夏天在斯德哥尔摩,在一个老画家和他学汉语的女儿家做客。傍晚,他们突然把我领到窗前。天空吸收着水分,越来越蓝,蓝得醉人,那是画家调不出来的颜色。为捕捉这颜色,上世纪末在瑞典形成了著名的画派"北欧之光"。老画家很得意,似乎给我看的是他最伟大的作品。人们经历漫长的黑暗与冰雪,对夏天有一种真正的狂喜。这狂喜让我感动,我拉开住处几乎一年没拉开的窗帘,面对那转瞬即逝的夏天。

"准备好了吗?"乔今天显得特别高兴,不停地跟我握手,好像我是他的选民。他告诉我,周末他的女朋友从洛杉矶过来。他们去 Subway① 吃晚饭,又看了史泰龙(Stallone)的新片子《警察帝国》(Copland)。我告诉他,我去看了《空军一号》(Air Force One)。看来我们都是好莱坞动作片的爱好者,也许正是为了这,我们才走到一起来的。他再次跟我握手。

他说话开始出现漏洞,小小的,无伤大雅。比如,他告诉我他家住在附近,交通工具只有自行车,和上回堵车的托词有矛盾。不过总的来说,乔是个挺纯朴的美国小伙子,笑起来像这儿的夏天,毫无遮拦。他是加州大学戴维斯分校三年级的学生,主修生物化学。靠打工养活自己。按他的说法:"像我这样的白人,年轻、健康、聪明,谁会给你奖学金?"除了在这儿当教练,他还在酒吧弹钢琴。他妈的,中学老师不是说他考不上好大学吗?他掰着手指头数给我听,哪些名牌大学同时录取了他。"我最恨别人说我不行。"他接着承认,他一下好过了头,几乎无所不行。体育就甭提了,他有自己的爵士乐队,萨克斯管、双簧管、钢琴,样样精通。他天生有种过目不忘的本事,甚至通读过百科全书。对了,他还会德文,他的"选民"中就有一位德国姑娘,他准是用德文中最美好的词鼓励她。

从镜子我看到卡在器械中的我,龇牙咧嘴,头发被汗水浸透,贴在前额。我的教练正声嘶力竭,让我做最后一个我根本不可能完成的动作。镜子一角是被俱乐部茶色玻璃过滤的天空,夏天正在那里消失。

---

① 即"赛百味"美式快餐店。

夏天的回忆

◎蔡翔

在农村的时候,我想,我最喜欢的,大概是夏天。倒也不仅是此时树叶绿了,满地高粱青青,说来惭愧,到了夏天,突然发觉吃的东西多了。

新麦登场,每人多少分得几十斤,堆在屋里,满屋的麦香。老乡们照例好心告诫,劝我们细水长流,做些面条汤,就着薯面饼子,慢慢过日子。但我们吃了一秋一冬的红薯,早已吃得酸水横流,哪还顾着今后。找个大太阳的天气,把麦给淘净,找条席子,铺开,慢慢晾干,咬在嘴里格嘣一响,就到队里牵条毛驴,借挂石磨,套上,一声吆喝,小毛驴慢慢地走,就见磨里慢慢地流出白面。

有了面,就开始顿顿白面,面条是擀的,也做馍,烙饼,或者把面发了,切成一块一块,锅里放些水,先烧热,然后把饼贴成一溜。这样烧出的饼,背面焦黄,比馒头好多了。如果同时熬些小鱼,味道更佳。油馍也是必不可少的,先是擀成一大张薄饼,抹上香油、葱、盐,然后卷起,再切成块,放锅里贴好,更是令人垂涎三尺。

麦子熟了,杏也开始黄了,北方的杏子至今令我难以忘怀。老乡们却有意揶揄我们说,自打学生进庄,连个青杏子也见不着了。

大地变绿,满树的果子,满地的瓜果蔬菜,豆角爬满屋檐,

庄户人家的碗里,开始有了色彩,白的面条,碧绿的菜蔬,是的,在夏天,生意才重新盎然。我们像老乡一样,吃饭的时候,蹲在屋外,地上放着海碗,手里拿着馍,咬口馍,喝口汤,吃得大汗淋漓,轻风拂过,带来丝丝凉意,村外是无垠的青纱帐,在风中,摇曳起伏。

　　瓜熟了,夏天是吃瓜的季节。北方的西瓜,个大,皮薄,瓤红,咬一口,蜜甜。不断地有人挑着瓜担路过,拣好的,每人一个,过个瓜瘾。不过,我们喜欢上瓜园。午后,趿着拖鞋,搭条毛巾,瓜地边吆喝一声,看瓜的老汉就笑嘻嘻地衔着旱烟袋,捧着瓜从地里钻出,瓜棚是夏天最美妙的地方,坐在瓜棚里,凉阴阴的,风从八面涌来。此时无烦无恼,只有风,有云,有满树蝉声,满地的瓜香。不过,比较起来,我更喜欢北方的香瓜。香瓜个小,在上海,又俗称"黄金瓜",但那是一种什么样的瓜,肉色惨白,无滋无味。北方的香瓜品种繁多,各擅胜场,许许多多的瓜名我已经忘了。我记得有一种瓜叫"九道青",是面瓜,不甜,但耐饥,吃一个,就有点饱。与社会相比,自然似乎更钟情于穷人,她默默地护着穷人,以她的乳汁使其免于饥饿。还有一种瓜,皮是绿的,肉是红的,我不得不叹服造物的千姿百态。我最喜欢的是小黄瓜,黄皮绿肉,那绿,绿得晶莹,水一般诱人遐思,奇甜,又甜得不腻。有一次,我和一个同学在瓜园摘了满满一篮,去看另一个点的知青,但是在路上却挡不住瓜香的诱惑,且走且吃,到了地头,只剩下一个空篮。

　　天渐渐变得炎热,渐渐地把所有的衣服都除去,只剩下一条短裤,人变得轻松无比,自由无比。在北方,夏天的活,大多是锄草,便在肩上搭条毛巾,扛把锄板,每日晨出暮归。热了,便往河里一跳,又湿漉漉地钻上岸,让太阳暴晒,皮肤渐渐地黝黑,手轻轻一挫,就有一层皮蜕下,但却光滑无比。汗如雨一般每日挥洒,但体内却感到无比轻松,似乎略无杂质,人开始变得通体透明。

夏天显得无比温柔,所有的树,所有的花,所有的庄稼菜蔬,都亲切地朝人微笑。我喜欢夏天的黄昏,一场伏雨过后,斜阳西下,满地的绿色,绿得深刻,绿得令人难忘。

黄昏的夏天,极富生气,到处闪动着朦胧的人影,挑水的,抱柴的,在自留地里忙碌的,我们通常总是齐心合力地做饭,又齐心合力地把饭吃完,这时,大汗淋漓,便提着桶,走到井边,打一桶井水,从头到脚地冲凉,那凉,说句粗话,真正是凉到了腚眼。

这时天色已暗,便把床搬出,架在屋外的小土坡上,有人唱歌,然后是合声,扯开了嗓子,歌声飘向无边无际的旷野。唱《三套车》,唱《喀秋莎》,唱《莫斯科郊外的晚上》,那时独钟情于俄罗斯民歌,俄罗斯的音乐浸入了每个知青的血液。

躺在床上,看手上烟火明灭,看流星从夜空中划过,这时竟会掠起一丝伤感。想家,想千里以外的亲人,想渺渺茫茫的未来。

淮北的夏夜常常闷热难熬,睡不着,就悄悄地向瓜园摸去。一条小路蜿蜿蜒蜒地向瓜园伸去,一边是河,一边荆棘丛生,看瓜的把床架在路中,仰着脸,扯着鼾声。我们此时的肤色早已与夜色无异,忍着笑,依次从床下钻过,夜里的瓜园,满地的蛐蛐声,我们只记着"瓜熟蒂落"四字,人趴在瓜藤上,轻轻一压,就觉有物滚到大腿边,一摸,是个大瓜。又捧着瓜,悄无声息地从看瓜的床下钻回……

岁月荏苒,少年时代早已流逝,夏天的浪漫也悄然远去,只剩下无可忍受的暴虐和庸俗。

雷雨中的风情

◎迟子建

当暑热来临的时候,花朵和树叶都呈现出被煎熬的憔悴姿容。飞旋的尘土使我们无比渴望雨水的滋润。知了的叫声密集如乌云,如果此时视野里突然出现一座巍峨的冰山,我们会情愿放弃其他信仰而对它顶礼膜拜。

夏天是我最讨厌的季节。在这个阳光稠密的时节,我的大脑一片混沌,持续奔流的热汗将我良好的想象力洗劫得无影无踪。我只能读书,看些无聊的电视节目,然后在黄昏时到街巷中散步。这样的日子你不会想起温情的往事。它留给我的全部印象只是"呼吸"——活着而不思想。

然而就在昨天,持续高温几天的哈尔滨突然降下一场大雨。这是我所见过的最轰轰烈烈的一场雷雨。雷声激情荡漾,将窗棂震得乱响,豆大的雨点溅在窗台上,一股带着腥味的湿气扑面而来。室内陡然黯淡了,我终于感觉到入夏以来思维又活跃地跳动了。一些曾有的生活画面就奇妙地在雷雨闪电中重现。

昏暗的光线使我的发丝不再有光泽时,我的思维却生机勃勃了。这种时光对我而言贵如黄金,因为茫然和困厄一扫而光,青菜萝卜在我眼中有了超越它们本身的价值和光彩。这种特殊的环境和氛围最适于回首往事和发现自己。

年轻人回首往事是由于没有经历太多的人世沧桑,这种回首带有某种浪漫和虚荣的成分。真正尝遍人世间的酸甜苦辣后,大约是不屑回头遥望的。他们会心平气和地喝着浓茶,看很老很老的夕阳。不过我仍然喜欢青春时代这种甜蜜而虚荣的回首,它使我在四面楚歌的现实中获得了一份心灵的宁静。同时,它落脚于笔端时使文字有了从容不迫的感觉。

雷雨天气带给了我激情。我站在一面狭长的镜子前,看着自己。黯然的光线使镜中的我有了某种朦胧感,头发真正如乌云。青春在凝固的水银照射下若隐若现着。没有谁能令我笑靥常开,你湿湿的眼神还是暗自收敛吧。纯棉的白睡袍是否会永远纯白下去,刺绣的淡蓝色小花究竟来自哪一条山谷,那花又是谁的故乡?

青春意味着成熟,而成熟就不再生长了。所以我的身高不会再增高,手脚也不会再长大。那么成熟便也是一种隐匿而规矩的气息了。这样的气息是否可爱?我怀疑。当心情和饮食的优劣使我的气色时好时坏时,我的文字却始终如一地在纸上跳跃。它们如窗外的雨点一样嗒嗒作响,它们建构了我的时间和生活。那是一股清丽、湿润、拂之不去的气息。如果这样的气息离我而去了,我将成为什么?

我是一个恋旧且喜欢被朴素事物打动的女人。我脾气执拗,爱憎分明,喜怒形于色。我的胃水性杨花,对品种繁多的零食钟情不已。它也因为这种"博爱"而自食其果,慢性胃炎纠缠着我。我喜爱看体育比赛的节目,尤其钟爱足球,但自己却是一个少于运动、耽于枕上美梦的懒虫。我喜欢吃热饺子喝冰啤酒,喜欢梳长发,喜欢在日记本上记录我的梦境。自从做了专业作家后,我很年轻却有了"退休"的感觉,每日在家读

书写作,心情坏的时候给好友打个长途或者到松花江边坐上一刻。好空气会使人变得温和起来。当然,有时也梦想有一个家,打算在本世纪末把自己嫁出去。

雷雨使干燥的空气变得湿润,雨后的阳光总是水洗般透明。在夏季,我总是铺一张凉席在地毯上,周围摆满了书、电风扇、台灯、水果和纸笔。我不用电脑,随便拈着纸笔就可以倚着一个角落信笔涂鸦。这便是我的生活和世界。也许别人会以为单调和枯燥,但它很适合我。适宜于自己的生活注定不会是坏生活。

当然,暑热当中若经常有雷雨光顾就更理想了。这样我还能依赖于它而写一点小文章(正如现在),否则,我只有等待秋季的凉爽降临后,才能寻回驰骋于作品中的那股激情。写作帮助我发现平凡生活的光彩,使我在孤独时获得力量和暖意,使我在呼吸时能嗅到一股极淡的馨香,因而我热爱它。

你们所看到的我背靠着五台山的一座古老的铜亭子,那上面锈迹斑斑。那一瞬间细雨霏霏,可铜亭子上并没有雨的湿痕,那雨意是进了我的双眸了。我总是想,黄昏时分正殿的钟声响起时,这铜亭子会跟着发音吗?它如果发音了,又是哪一个世纪的声音?

季节深处

◎孙继泉

我拉开抽屉的时候,蝉静静地伏在那里,已经没有一丝躁性,我小心地把它捏起,它的翅膀扇动几下,发出低而短的叫声。这是一只昏头昏脑的蝉,一只迷失家园的蝉,它从后窗飞进来的时候,就不停地在我的书房里乱撞,叫,我半是出于爱怜,半是出于厌烦,把它放进抽屉里,在抽屉里它还是叫,我的书桌变成了一只八音盒。

在这之前,已经有一只蝉从后窗进来,如今,它已经风干成标本,放在我的书橱里。

我把这只蝉放在窗台上,我想让它吹吹风,恢复一下力气。

一里以外,是一片杂树林子,杨树、槐树、柏树、楉树、桃树、楝子、梧桐……在围墙根部,还有几棵桑,已有碗口粗细,这个时候正结了一树红红的桑葚,被鸟吃掉一些,自己落掉一些。桑一般没有人专门栽它,它长得很慢,能栽树的地方都栽上了成材快的树,桑都是自己出的。在乡下,你随便将谁家的一棵幼小的桑树折断,用它抽驴打牛,没人和你计较。许多日子过去,桑在某个角落悄悄长得粗大,别人就不能去动了,桑质轻、韧,是做扁担的好材料哩。

这片林子里有多少蝉,没有人能说得清,夏日的正午,你走进林子,随意晃动哪一棵树,都会惊飞十几只或者几十只蝉,它们四散奔逃,有的遗下一泡尿来,躲不及就会浇在脸上。一次我猛地跺了一棵杨树,蝉们四处逃窜,我只数下了往东往北两个方向飞去的蝉,共十三只。

林子后面就是岗山。山脚下,是勤快的人开出的一方方荒地,种着花生和地瓜,地瓜已拖了很长的秧,秧的根部是深绿色,梢部是浅绿色。昨夜下了一场雨,我想那段浅绿的半尺长的秧子肯定是一个雨夜生长的。往上,有石砌的盘山路,凹处生满了野草。路沿石上贴着几棵蒺藜,几日前,还顶着一朵朵黄色的小花,如今却已结实,用手摸一摸它棱状的果实,硬硬的有些扎手。一块卧在那里的巨石,中间裂了一道直直的纹,像是用剑劈的,就在这条纹缝里,生出一溜小草,密密地像是要把分成两块的石头缝合。谁拔下的一把草放在石头上,草上的泥土被雨水冲掉,散着白色的根须,它们的梢子却微微翘起,试图慢慢站立起来。路两边及至更远的地方,便是满目景芝了,景芝正开了紫白色的碎花,有不少被雨水打落,洒了一地落英。还有拉拉秧,将没有生长植物的地方填满……其实拉拉秧山上并不是很多。平地上多。你到田野里看一看,路边、沟边、河边,甚至河道里所有没有水的地方,拉拉秧一丛一丛,将所有的裸土覆住,那才壮观。拉拉秧可以说是夏天最野性最霸气的一种植物,如果不是人们一丝不苟地盯着,在这块地里种玉米,让那块地里长芝麻,恐怕整个平原就都长了拉拉秧了。

蝉一天都没有叫。也没飞。甚至没有走离它原来的地方。我把它放在纱窗上,想让它在纱窗的小方格上走一走,一松手,却啪地掉下来。这可能是一只老年的蝉,它已经没有活动的力量。我后悔,没有将它放出去。据说一只蝉要在地下生长四年才拱出地面,在地上只能生长十八天。十八天,一寸光阴一寸金。这只误飞进来的蝉,可能比在树林中要少活一天,一天,对它来说是多么宝贵。不过,它如果在树林里,也可能早就被一只饥饿的鸟啄去,成为鸟的果腹之物,也许不少蝉都不能够安全地度过十八天。

下午四五点钟,蝉开始活动了。我注意到它先是把两只前足蜷起,两只后足伸长,蹬直,它的尾便慢慢地翘起来,翘得接近直角,又无力地落下来。这样反复了十余次。后来我明白过来,它是想翻一个身。这是一只将死的蝉。你注意过蝉尸吗?地面上一只只死掉的蝉,都是六足朝上,安静地躺着,这大约是它临死的最佳状态。蝉将它自己的身体翻转过来,使用的可能是它最后的仅有的力气。我的这个用高密度板铺成的光滑的窗台不利于它完成这个动作。如果在泥地上就好了,它可以借助于一个坎儿,可是这里不行,它得花大力气。我把一根铅笔放在它跟前,看它能不能用上,它没有去凑近铅笔,它的眼睛可能失明了。我索性把它捏起来,倒放在地上,它微微地扇动着翅膀,明显地感觉不舒服,我又把它翻过来。

七点,我去看蝉,蝉一动不动,它死了。它最终都没有翻过身去,它在痛苦中死去。太阳还很高,从后窗照进来,照不到伏在前窗窗台上的蝉。

代表夏天的东西有多少? 蝉、蛙、草、树、雨。缺一样,都不是一个完整的夏天。它们是夏天的旗。在一个夏天里将出

生多少只蝉,多少只蛙,多少株草,一棵树会生出多少枝丫,一场雨会催发多少生命,无法计数。但,缺一株草,大地将缺少一抹嫩绿,缺一场雨,空气中就缺少些许湿润,缺一腔蝉鸣,夏日的混响都不够浓烈……一只蛙的夭折就会使一个夏天出现残缺,每死掉一只蝉,夏天都背我们迈出一步。

　　夏天,你到林子里去,树木旺长,草茂密,可是,你蹲下身来,地下,不少昆虫已悄然谢世,它们一只只仰躺在潮湿洁净的泥土上,它们翅膀上的花纹还那么美丽。一棵好端端的树,不久前还是那么蓬蓬勃勃,如今却陡然枯掉一个枝杈。大约这个枝杈的生发原本是一个错误,或者这个枝杈所指的方向在拒绝这棵树。还有的整棵死去,你看不出它死掉的原因。一个活得好好的人面对一棵站着死去的树,总会心生感伤。

　　整个田野都是这样。掀开几个阔大的叶片,你可能会惊喜地发现一串果实,但是,在你歇息的地头上,却散乱着一堆白花花的鸟或兽的骨骸,它们的皮肉被强者吃掉,或者烂进泥里,一条穿越玉米地的柏油路上,一条蛇被车轮轧扁,它的花纹鲜亮清晰。河湾里,几座新坟堆起,插在坟上的纸花被急雨冲洗得褪掉了颜色。不久前,如今埋在坟中的人还肩扛一把铁锨,从这里走来走去,心里想着一些美好的事情,或者,哼着一首曲子。等到秋天庄稼砍伐,坟丘暴露,它上面的青草已经能够供野兔藏身,新坟变作旧坟。

　　有些东西在亢奋的季节里猝然死去。有些东西在冬天茫茫大雪的覆盖下静静地生长。这些事情像大地的秘密,完成在季节深处。

夏天的雨

◎朱伟

我喜欢夏天的雨,是因为夏天的雨随心所欲,一切无所顾忌,说来就来、说去就去。来则兴致勃勃、气势磅礴,去则心满意足、艳阳高照,全没有半点阴霾。夏天的豪爽激情很大程度依赖于这刚性十足、弹性丰满的雨。夏天的雨全没有春雨那般踌躇娇羞、秋雨那般苦苦支撑着的情意缠绵。

让我深切体会夏天之雨境界的是苏东坡一则关于"不亦乐乎"的感叹,大致意思是说在夏日燠热难耐之时,大汗淋漓,好风四起、电光耀目、大雨携狂风倾盆而注,都是一连串的"不亦乐乎"。当时读到真感觉潇洒逼人,随即记成笔记。遗憾的是,后来笔记不可觅,在东坡文集中到处也找不到这一则。只见一首《飓风赋》,描写对飓风野蛮的恐惧,其中最耐琢磨的是"野马之决骤"。"野马"的气势,最早大约来自庄子的"野马也,尘埃也,生物之以息相吹也"。至于"鼓千尺之涛澜"、"吞泥沙于一卷",也就是一般比喻。而我所迷恋的夏雨意境,是在"文革"中读到毛泽东未发表诗词中,有一首中有一句"雨弹光鞭欲杀人",要是配上"黑云压城城欲摧"的背景,李贺的"神光欲截蓝田玉"相比就显得渺小。后来想找此诗,在确定的毛泽东诗词中肯定没有,那么估计是"文革"中的伪作,但也四处找寻不到。

雨在历代文人描述中太多女性化。比如余光中先生写得最好的散文《听听那冷雨》，余先生称那雨是"湿漉漉的灵魂"，他写得最好的是雨连绵落在黑色成鳞次栉比，又洗成油亮的檐上那种感觉。好似剥葱纤指弹拨、抚弄着那雨，弄出百般愁媚。这样的雨积聚了太多的呻吟与哀叹。

我心目中夏天的雨是飒爽的雨，它与湛蓝通透的天、金属般耀目的白云联系在一起。我喜欢《孟子》说，"油然作云，沛然下雨"。我将这"油然"体味成"悠然"——骄阳似火中，湿气自然悠然地上升，因为洁净，聚成的云娇白无比。这"沛然"是充沛——悠然集聚得多了，云腴情欢，自然也就要云雨。夏天雨的飒爽，是因为它总与好风联系在一起。按古人说法，四季的风是不一样的——春天的风自下升上，所以风筝能飞起来；夏天的风横行空中，于是风在树梢间舞动；秋天的风自上而下，木叶因此凋零；冬天的风则在地面上流窜，吼地由此生寒。春温而和风，夏盛而怒风，当然也就是文人的一种说法。这风究竟是生于地、始于青萍之末，还是天气下降于高空密云之隙，谁又说得清呢？我感兴趣的其实是夏天的风云关系——没有风驰电激为势，雨也就不会下成气吞宇宙。这风的境界，先是清凉四起，烟飞草靡；然后八面来风，向四方疾驶，就成为一种疯狂。它在原野间飞沙扬砾，烟絮翻腾；穿堂入室就是"山雨欲来风满楼"，将门窗全都膨胀成鼓荡的风帆。风狂妄而无羁，与因情爱而变成愚蠢的云交合，风云际会，风起云涌，风驶云驰，就将雷召唤了出来。

我以为晋人杨泉的《物理论》中所说的风雷电关系比较有意思。他说风是阴阳乱气激发而起，就像人的内气，因喜怒哀乐而激发。积风成雷，雷风相薄，风的清热之气散开为电。雷电关系与风云关系一样,也是速度间的关系。雷开始只在远方云层之间,闪电的曲线曝光许久,它还在天边闷闷地鸣。等到风车云马将它渐渐推近,间隔时间越来越短,它也就越肆无忌惮。此时它与闪电就像是在风的刺激下彼此争逐:迅雷与蓝光在撕咬中同时赶到,则就成为劈到地上的霹雳,所谓"迅雷不及掩耳"、"击电无停光,疾雷无余声"。雷电逼近时候,天自然就一下子黑成锅底,闪电由此才能弯曲弹开,雷也由此才能变成狰狞。风云雷电一层层彼此撕裂,层层叠进,声色越演越烈。等到闪电中浓云疾驶,雷声惊天动地,一场大戏的结构形成,雨才潇洒到场。以佛教说法,解释这种关系就更有意思:佛教说,地倚水上,水倚于风,风倚于空;大风起则水扰,水扰而地动,因果更为丰厚。由此生发的禅意是——动遍动,等遍动;震遍震,等遍震;涌遍涌,等遍涌;吼遍吼,等遍吼;起遍起,等遍起;觉遍觉,等遍觉。夏天雨的飒爽,很多时因以暴戾之态,暴烈之雨常必须伴随冰雹——漫天寒彻,砸到地面烟尘滚滚,雨点就全成透明的冰球。只有雹才足以镇压风云雷电。而雹一出现,风肯定就刚硬地嘶鸣成扬鬃弓背之烈马,不断撞击向不同方向,雷则在寒光下将它不断劈开。所谓雷风践踏,雹雨恣肆,地上积聚的暑气随气浪喷溅,如此就大家都宣泄得淋漓尽致。

如此暴风骤雨,如果换一种佛教意境,就换成另一种趣味。佛教的说法,佛祖说法时,诸天降众花,满空而下。这意境延展为,佛祖撒开天雨众花,漫天飘飞成浅红色,万物滋润皆成觉悟。

夏天雨如此气壮山河,也是日久酷暑积郁的结果,无积郁也就无逆风而起的动力。风癫雨啸之际,要是配以音乐,我以

为最给劲的是将瓦格纳《女武神之骑》的音量彻底放开。这音乐表现众神之主沃坦在暴风雨中追逐他的女儿布伦希尔德,因为她救助了英雄齐格弗雷德的父母——孪生兄妹齐格蒙德与齐格琳德。布伦希尔德由此带领她的姐妹在云浪中天马驰骋,这是最能表现瓦格纳气魄与泛滥的激情的音乐,最高潮处是女武神们的一段合唱。在电影《现代启示录》中,科波拉伟大地以它来表现直升机群对越南丛林的俯冲,只不过他把滂沱大雨与电闪雷鸣换成了枪林弹雨,还有凝固汽油弹在丛林中残酷地绽开的一朵朵血色之花。

夏天雨的美丽还在声嘶力竭地疯狂交欢之后。等风云雷电在歇斯底里交缠中全都精疲力竭之时,那雷声只变成贮满深情厚谊的痉挛;风意足情满后,星眼蒙眬只顾喃喃私语;雨云在胭脂满腮后开始像扇动着翅膀般起舞;雨丝风片眷恋着散开,天在虹霓下整个变成绯红。此时天地间变成特别静,穿越这宁静的鸟啾清脆得四处都是回声。这宁静与那喧嚣对比,雨后残阳如血,于是夏天就变成那般壮丽。由此我一直认为,夏天是人一生中最值得怀恋的季节。

闯雨

◎罗兰

夏天,北方有一种雨,大家叫它"闯雨"。

天气先是闷热极了,空气像凝固了一样,人们挥扇不已,却挥不出一点风。

忽然,西北角上乌云密布,轰隆隆,雷声响了,你还没来得及防备,就看见那大点、大点的雨,带着劲健和重量,打在泥土地上。一打一个圈圈,深入到泥土里,稀疏,却是坚定的。这你才感觉到满楼的风,说声:"雨来了!"

来不及做什么准备,刷啦啦的急雨,就紧跟着风的衣襟,窜进了整个的房间。"檐溜"一下子就形成了,像被人迅疾地放下了卷着的珠帘,哗啦一声,挡在了你的门窗之前,整排整排的珠子,闪亮喧哗。抬头看,那紧紧靠帘前的一排,从远处快乐地挤过来,一个一个地挤过去,急板的节奏,像小孩的游戏,嬉笑着,欢迎这雨,院子里一下子就积了盈尺的水。荷花最开心了,那粉红的花瓣,在来不及承接雨的圆珠的荷叶旁边,笑得灿烂。

家中养的小小鹅鸭也迫不及待地摆着它们玲珑的尾舵。"吱吱"地招呼着同伴,组成小小的船队,游到院子中央,把新积起来的雨河,划上一些剪形的尾线。那三两枚被雨点打下来的落叶,在它们身旁漂着,真像要给蚂蚁做渡船。

麻雀却都躲到檐下来了。

小孩子跑到院里去踩水,把他们的小木盆放在水里当小船。大人呵斥他们,说,衣服都淋湿了。孩子们却只顾玩着。

其实,雨已经停了。

天变得好蓝!远处出现了一道彩虹。

《九月》,夏日的遐思

◎李欧梵

那天下午,我们驱车抵达农庄时,已近五点。阳光仍然灿烂,七月底的盛夏天气,并不感到炎热。从加拿大蒙特利尔开车到这个友人的避暑农庄,要两个多小时,我在车后座昏睡,一觉醒来,闻到一股清鲜的山气,还夹杂着一点晒干了的牛粪味,顿时精神抖擞。下了车,也不向同伴们说一声,就径直走了出去,举目四望,群山环绕,漫山遍野都是绿色,脚下更是绿油油的草地,屋旁的木栏杆倒在地上,好像是被牛踏过的。我一脚跨了过去,信步走下山坡,朝着地平线上的树丛茫然而行。

直到我看到树畔的一头母牛和一头小牛,优游自在地站着。母牛突然转过身来,直瞪着我,小牛还在若无其事地吃草。"对不起,我打扰你了,我是过客,波士顿来的,朋友约来这里度个周末。"我发现自己向母牛默言默语,想得到她的谅解。

——陌生人,你看来很疲倦,近来太过劳累了吧,还是这里好,山明水秀。

——谢谢你,打扰了,我的倦态是因为时差,从香港回来以后,两个多礼拜了,一直都睡不好,每天昏昏沉沉的,不知道自己在做什么,也分不清楚梦幻和现实……

——先生，你说的我听不懂，我只知道这就是我的现实世界，我的老公马上就来了，他午睡刚醒，小牛生出来才四个月，你看他还很壮硕吧，但你不能伤害他，我们人兽之间以这棵树为界，你不得越雷池一步。

母牛叫了几声，好像对我没有兴趣了，兀自退下山去，那只小牛也跟着走了。我略感失望，但又觉得很自在，全身感到罕有的舒畅和清爽，甚至灵魂好像出了窍，在山中遨游，瞬间飞出尘世，将那千丝万缕的杂乱心思，抛出九霄云外。但在千山万水之间环绕几圈之后，又飞回来了。我毕竟还是个凡人，身在大自然的山中，却仍然不能超越红尘，心中仍然燃着炽热之情，但身外的宇宙早已万籁俱寂了。曾几何时，天色显得更灿烂，原来是到了日落西山的时辰，那股即将失去的阳光，显得特别珍贵，温柔透顶，直射入胸中。我的脑海突然涌出一首歌来，不是中国民谣，也不是西洋歌剧的咏叹调，我在心中哼来哼去，竟然记不清此曲出自何处。

那天晚上，在主人殷勤款待下，和几个朋友大吃大喝，几杯啤酒下肚后，似乎有点醉意，耳边却仍然隐隐听到那首不知从何而来的曲子，只怪是心中幻象，而且调子也愈来愈凄凉。于是就向主人告罪，提早上床休息，走到二楼的小卧室，打开窗户，清风徐来，我不久就进入梦乡。

一觉醒来，已是次日清晨八点，我竟然睡了九个多钟头，这是我七月初自港返美以来，第一次睡足了觉，人好像从一种虚脱亢奋状态回到了安宁。只是那支莫名其妙的歌曲仍然萦绕在心头，使我患得患失，不知其所以然。

吃完早点，主人带我们去爬山，几个读书人平日不运动，好不容易走到山顶，就气喘如牛了（牛呢？恐怕还在昨天那树下吃草吧,它们那么安闲自在,怎么会气喘?反正加拿大的牛,不会懂得中国的古老成语)。我们坐在山顶,远眺山下的小河,景色宜人,大家都静了下来,似乎都觉得这种大自然美景,是不会长久的,应该把它深嵌在心里。

我突然记起那首绕梁三日的歌曲了,是理查·施特劳斯的《最后四首歌》之中的第二首:《九月》。这是他在生命已到日薄崦嵫之年(八十四岁)所作的,作完这四首告别人世之歌,第二年就去世了。我为什么在此良辰美景的夏日,脑海中萦绕的调子却如此"迟暮"!莫不是自己也有点异样的预感?自己的一生也快走到头了?

从加拿大回到波士顿家中,赶紧把自己心爱的几种《最后四首歌》唱片拿出来反复聆听,边看歌词,才发现《九月》这首歌的歌词出自我年轻时颇为心慕的德国作家——赫塞(Hermann Hesse)。援根据两种英译本改译成中文于后:

《九月》(*September*)

　　花园在哀伤

　　冷雨沁入花丛

　　夏日在战栗

　　悄然面对终结

　　落叶片片金黄

　　从高大的橡树飘下

　　夏日微笑着,惊讶于

　　即将逝去的花园之梦

　　她眷恋在玫瑰花中

　　企望着安息

缓缓地她闭上了
那只疲倦的眼睛

〔附注〕乐迷如想聆听,我推荐舒瓦兹科芙和诺曼(Jessye Norman)主唱的版本,前者韵味无穷,后者戏剧性浓。而最回肠荡气的可能是最近弗莱明(Renée Fleming)主唱的版本。以上所译的歌词,则是参照弗莱明和卡娜娃(Kiri Te Kanawa)与萧提合作的版本。

夏夜的记忆

◎席慕蓉

那个夏天的夜晚,在海边黑暗的公路上,风还真大,一阵阵地迎面直扑过来。小货车没有车篷,站在车上的她很庆幸自己刚才的决定,坚持不坐在前座而要站到后面来,这样才能和这朵荷花靠得很近,才能用手扶着它的长长的梗茎,不至于被阵风所吹折。

小货车的车主,住在信义路,多年来都帮她运画,是老朋友了,才肯在接到她恳求的电话时,答应吃了晚饭就从台北过来,帮忙把这一缸荷花运到温州街去。

荷花养在淡水乡间她的工作室旁边,原来有六缸,但是偏巧那几天就只这缸有一朵蓓蕾。还好,花苞还算饱满,离水也够高,想是这一两天内应该就会完全绽放了罢。

下午接到朋友的电话,说是住在温州街大家都敬爱的老教授生病了,他院中原来有两缸荷花,今年却一个花苞也没有,朋友想,若是她能把淡水的荷花运一缸过去放在窗前,让久病的老教授隔着窗赏一赏荷,也许心情会舒畅些罢。

她马上答应了。

其实她也知道这位老教授生病的消息,可是一直不敢去探望,因为自己并不是他的学生,怕会打扰。温州街那幢宿舍从前倒是去过两次,那两缸荷花她也见过。第一次去就是因

为有朋友知道她养荷,要她去给这两缸荷放些肥料。

那时候是春天,老教授笑呵呵地站在玄关上,看她用棉纸包了些干燥的有机肥往缸边的软泥塞下去,还问她为什么这些荷不肯开花?她也不知道,只好猜测也许是阳光不够充足的缘故。

温州街的院子很小,房间更小,可是,她去的那两次,总觉得屋里屋外都有一种从容坦荡的气势,像它的主人。那年,老教授身体健康,笑声洪亮,朋友带了好酒去,窗外的芭蕉有几抹新绿一直明晃晃地要把阳光映照进屋子里面来。坐在屋角,插不进什么话,可是她觉得能够聆听就是一种幸福,很愿意就这样一直安安静静地坐下去。

而这天晚上,在扑打的强风里用身子和双臂护卫着脆弱的花梗,她心中也只有一个念头,希望到了台北的时候,把这缸荷安安静静地放到窗下就走,不要惊动了病人。

想不到,在驶近温州街宿舍的时候,大门已经开启,屋子里灯光很亮,有人站在玄关上叫她进去,原来老教授已经坐在桌前在等候她了,还对她连声道谢,要她坐下,说要写几个字送给她。

可是,这并不是她的原意。原来的她不过只是听从了朋友的建议,把花送到。就只是这么单纯的一个心意而已,并不是要来求什么报偿的。

不过,在主人坚持要她坐一坐,等着他在书册的扉页上题字之后,她也顺从地坐下了。因为,她忽然醒悟,在这样一位长者面前,她整个的人整个的心几乎都是透明的,一切的解释其实都没有必要,他早就看得清清楚楚了。

恭敬地接过了那几本书册,再谈了几句话,她就站起来鞠躬告辞。在走出大门之前,又回头向院子里望了一眼,荷花缸已经好好地安放在窗下,灯光照在枝叶上,那朵花苞孤独地挺立着,一点也没受到损伤,可是,怎么好像比刚才在车上时显得小了许多?

会开吗?

在回去的路上,她就开始担起心来。温州街的院子里是没有风,可是也没有充足的日照,花会开吗?

淡水的荷花倒是陆续地开了又谢了。在这段时间里,听说老教授又进了医院,病情时好时坏,她很想知道,在入院之前,那窗下的荷究竟开了没有?却羞于启齿。

天气慢慢转凉,十一月上旬,从报上看到长者辞世的消息之时,她正在淡水的画室,窗外雾气罩满了山林,心中空落落的。隔了这生死的大幕,她想,无数的问题都不可能得到解答了,更何况那小小一朵花的微不足道的讯息呢?于是,从此就把这个问题搁下了。

想不到,五年之后,她竟然收到了一份礼物,那是老教授的亲友与弟子编成的一本纪念画集。转交给她的一位学者在电话上告诉她说:

"他们说你那天晚上送过去的花,后来开了,老师坐在窗户前面也看见了。所以想把这本老师画梅的画册送给你,当做纪念,也谢谢你。"

放下电话,心里觉得很热很紧,眼泪就禁不住地滚落了下来。那天晚上在风里在暗黑的公路上紧靠着荷花荷叶的枝梗往前奔驰的感觉忽然都回来了,所有的细节都清楚再现,那层层荷叶在风里翻飞时散发着的清香,那枝梗上细小的凸刺碰触到裸露的腕臂时的刺痒,那从海上吹过来的阵风扑打到脸

上和身上时的微暖又微凉,还有,当车子进入市区之后,在街角几次遇到路人投来的讶异的眼光……

疑问终于得到解答,在那天晚上用了全心全意所护持过的那一朵荷,终于如她所愿地绽放过了,而在窗前,她所敬爱的长者也看到了,原来,那就是她为老教授所做的惟一也是最后的一件事啊!

热泪是为了那一个夏夜的记忆而流下来的。在热泪中,她好像更看清楚了一些,在那个夏天的夜晚,她那样全心全意地护持着一朵荷,除了是为着自己所敬爱的长者之外,恐怕还有那不自知的一部分——是面对死亡、面对那就在前方任何人都无法躲避那巨大而又黑暗的帷幕时所激起的反抗与不甘罢。

夏之绝句

◎简媜

春天,像一篇巨制的骈俪文;而夏天,像一首绝句。

已有许久,未尝去关心蝉声。耳朵忙着听车声、听综艺节目的敲打声、听售票小姐不耐烦的声音、听朋友附在耳朵旁,低低哑哑的秘密声……应该找一条清澈洁净的河水洗洗我的耳朵,因为我听不见蝉声。

于是,夏天什么时候跨了门槛进来我并不知道,直到那天上文学史课的时候,突然四面楚歌、鸣金击鼓一般,所有的蝉都同时叫了起来,把我吓一跳。我提笔的手势搁浅在半空中,无法评点眼前这看不见、摸不到的一卷声音!多惊讶!把我整个心思都吸了过去,就像铁沙冲向磁铁那样。但当我屏气凝神正听得起劲的时候,又突然,不约而同地全都住了嘴,这蝉,又吓我一跳!就像一条绳子,蝉声把我的心扎捆得紧紧的,突然在毫无警告的情况下松了绑,于是我的一颗心就毫无准备地散了开来,如奋力跃向天空的浪头,不小心跌向沙滩!

夏天什么时候跨了门槛进来我竟不知道!

是一扇有树叶的窗,圆圆扁扁的小叶子像门帘上的花鸟绣,当然更活泼些。风一泼过来,它们就"刷"一声地晃荡起来,我似乎还听见嘻嘻哈哈的笑声,多像一群小顽童在比赛荡秋千!风是幕后工作者,负责把它们推向天空,而蝉是拉拉队,在枝头努力叫闹。没有裁判。

我不禁想起童年,我的小童年。因为这些愉快的音符太像一卷录音带,让我把童年的声音又——捡回来。

首先捡的是蝉声。

那时,最兴奋的事不是听蝉而是捉蝉。小孩子总喜欢把令他好奇的东西都——放在手掌中赏玩一番,我也不例外。念小学时,上课分上下午班,这是一二年级的小朋友才有的优待,可见我那时还小。小学时有四条路可以走,其中一条沿着河,岸边高树浓荫,常常遮掉半个天空。虽然附近也有田园农舍,可是人迹罕至,对我们而言,真是又远又幽深,让人觉得怕怕的。然而,一星期总有好多趟,是从那儿经过的,尤其是夏天。轮到下午班的时候,我们总会呼朋引伴地一起走那条路,没有别的目的,只为了捉蝉。

你能想象一群小学生,穿卡其短裤、戴着黄色小帽子,或吊带褶裙,乖乖地把"碗公帽"的松紧带贴在脸沿的一群小男生小女生,书包搁在路边,也不怕掉到河里,也不怕钩破衣服,更不怕破皮流血,就一脚上一脚下地直往树的怀里钻的那副猛劲吗?只因为树上有蝉。蝉声是一阵袭人的浪,不小心掉进小孩子的心湖,于是湖心抛出千万圈涟漪如千万条绳子,要逮捕那阵浪。"抓住了!抓住了!"有人在树上喊。下面有人赶快打开火柴盒把蝉关了进去。不敢多看一眼,怕它飞走了。那种紧张就像天方夜谭里,那个渔夫用计把巨魔骗进古坛之后,赶忙封好符咒再不敢去碰它一般。可是,那轻纱般的薄翼却已在小孩们的两颗太阳中,留下了一季的闪烁。

到了教室,大家互相炫耀铅笔盒里的小动物——蝉、天牛、金龟子。有的用蝉换天牛,有的用金龟子换蝉。大家互相交换也互相赠送,有的乞求几片叶子,喂他铅笔盒或火柴盒里的小宝贝。那时候打开铅笔盒就像开保险柜一般小心,心里痒痒的时候,也只敢凑一只眼睛开一个小缝去瞄几眼。上课的时候,老师在前面呱啦呱啦地讲,我们两眼瞪着前面,两只手却在抽屉里翻玩着"聚宝盒",耳朵专心地听着金龟子在笔盒里拍翅的声音,愈听愈心花怒放,禁不住开个缝,把指头伸进去按一按金龟子,叫它安静些,或是摸一摸敛着翅的蝉,也拉一拉天牛的一对长角,看是不是又多长一节?不过,偶尔不小心,会被天牛咬一口,它大概颇不喜欢那长长扁扁被戳得满是小洞的铅笔盒吧!

　　整个夏季,我们都兴高采烈地强迫蝉从枝头搬家到铅笔盒来,但是铅笔盒却从来不会变成音乐盒,蝉依旧在河边高高的树上叫。整个夏季,蝉声也没少了中音或低音,依旧是完美无缺的和音。

　　捉得住蝉,却捉不住蝉声。

　　夏乃声音的季节,有雨打,有雷响、蛙声、鸟鸣及蝉唱。蝉声足以代表夏,故夏天像一首绝句。

　　绝句该吟该诵,或添几个衬字歌唱一番,蝉是大自然的一个合唱团;以优美的音色,明朗的节律,吟诵着一首绝句,这绝句不在唐诗选不在宋诗集,不是王维的也不是李白的,是蝉对季节的感触,是它们对仲夏有共同的情感,而写成的一首抒情诗。诗中自有其生命情调,有点近乎自然诗派的朴质,又有些旷达飘逸,更多的时候,尤其当它们不约而同地收住声音时,我觉得它们胸臆之中,似乎有许多豪情悲壮的故事要讲。也许,是一首抒情的边塞诗。

　　晨间听蝉,想其高洁。蝉该是有翅族中的隐士吧!高踞

树梢，餐风饮露，不食人间烟火。那蝉声在晨光曚昽之中分外轻逸，似远似近，又似有似无。一段蝉唱之后，自己的心灵也跟着透明澄净起来，有一种"何处惹尘埃"的了悟。蝉亦是禅。

　　午后也有蝉，但喧嚣了点。像一群吟游诗人，不期然地相遇在树荫下，闲散地歇它们的脚。拉拉杂杂地，他们谈天探询、问候季节，倒没有人想作诗，于是声浪阵阵，缺乏韵律也没有押韵。他们也交换流浪的方向，但并不热心，因为"流浪"，其实并没有方向。

　　我喜欢一面听蝉一面散步，在黄昏。走进蝉声的世界里，正如欣赏一场音乐演唱会一般，如果懂得去听的话。有时候我们抱怨世界愈来愈丑了，现代文明的噪音太多了；其实在一摊浊流之中，何尝没有一潭清泉？在机器声交织的音图里，也有所谓的"天籁"。我们只是太忙罢了，忙得与美的事物擦身而过都不知不觉。也太专注于自己，生活的镜头只摄取自我喜怒哀乐的大特写，其他种种，都是一派模糊的背景。如果能退后一步看看四周，也许我们会发觉整个图案都变了。变的不是图案本身，而是我们的视野。所以，偶尔放慢脚步，让眼睛以最大的可能性把天地随意浏览一番，我们将恍然大悟；世界还是时时在装扮着自己的。而有什么比一面散步一面听蝉更让人心旷神怡？听听亲朋好友的倾诉，这是我们常有的经验。聆听万物的倾诉，对我们而言，亦非难事，不是吗？

　　聆听，也是艺术。大自然的宽阔是最佳的音响设备。想象那一队一队的雄蝉敛翅据在不同的树梢端，像交响乐团的团员各自站在舞台上一般。只要有只蝉起个音，接着声音就纷纷出了笼。它们各以最美的音色献给你，字字都是真心话，句句来自丹田。它们有鲜明的节奏感，不同的韵律表示不同的心情。它们有时合唱有时齐唱,也有独唱,包括和音,高低分明。它们不需要指挥也无需歌谱,它们是天生的歌者。歌声如行云如流水,让人了却忧虑,悠游其中。又如澎涛又如骇浪,拍打着你心底沉淀的情绪,顷刻间,你便觉得那蝉声宛如狂浪淘沙般地攫走了你紧紧扯在手里的轻愁。蝉声亦有甜美温柔如夜的语言的时候,那该是情歌吧!总是一句三叠,像那倾吐不尽的缠绵。而蝉声的急促,在最高涨的音符处突地戛然而止,更像一篇锦绣文章被猛然撕裂,散落一地的铿锵字句,掷地如金石声,而后寂寂寥寥成了断简残篇,徒留给人一些怅惘、一些感伤。何尝不是生命之歌?蝉声。

而每年每年,蝉声依旧,依旧像一首绝句,平平仄仄平。

敬　启

因为某些技术上的原因,致使本书的个别作者尚未能联络上。敬请见书后,即与责任编辑联系,以便我们及时奉上样书与薄酬,并敬请见谅。